글 · 조웅석

쏠트라인
SALTLINE

■ 머리말

이 책은 화순군 향토문화재 제50호로 지정된 능주씻김굿의 명맥을 이어오고 있는 창녕 조씨 일가의 역사서이다.

중심인물은 필자의 부친이면서 피리, 대금, 태평소 등 기악과 소리, 구음으로 한 시대를 풍미한 전라도 시나위 마지막 대가로 알려진 '조계남'의 삶을 중심으로 엮었다.

참고자료로 집안의 내력이 기록된 가성을 토대로 필자가 부모님에게 익히 전해 들었던 내용과 형제, 친인척들에게 평상시 전해 들었던 내용, 그리고 모친인 박정녀의 육성 인터뷰 자료를 근거로 사실적인 내용만을 담고자 했다.

이 책의 주요 배경은 등장인물들의 생활터전이었던 전라남도 화순군 능주면이다. 능주에는 예부터 국악으로 명성을 날렸던 김채만, 임방울(임승근), 조몽실 등 능주 출신의 수많은 명인 명창들이 배출된 곳이며 1970년대까지만 해도 국악이 대중음악이나 다름없었던 지역이다.

어머니 뱃속에서부터 국악을 듣고 자랐던 곳, 국악에 젖어 살 수밖에 없었던 환경, 누구 하나 소리를 못 할 시에는 철저히 무시당했던 곳이다.

필자는 이 책을 펴내기까지 많은 고민의 시간을 보냈다. 이 책으로 말미암아 이미 작고하신 부모님께 누가 되지 않을까, 타지에서 생활하고 있는 가족 친지들에게 해가 되지는 않을까, 서로 의는 상하지 않을까, 걱정의 연속이었다. 왜냐하면 손가락질과 천대와 냉대를 받으며 살아왔던 세습무 집안의 치부를 드러내는 일이기 때문이다.

하지만 필자는 사회적인 인식의 변화가 일어나고 있음에 조금의 위안을 삼으며 더 늦기 전에 이 책을 펴내야겠다는 절박함이 강하게 작용했다.

첫째는 어려운 환경 속에서도 평생 굿의 끈을 놓지 않고 자식들을 위해 헌신하셨던 부모님께 이 책을 통해 조금이라도 위로해드리고, 작은 명예라도 회복해드리고 싶었다.

둘째는 한평생 못다 한 부모님의 삶을 채워가는 것이 자식된 도리라 여긴 필자는 막상 대를 잇고 보니, 사회적으로 바라보는 시각이 달랐을 뿐 부모님은 스스로를 속된 삶이라고 여기지 않으셨다. 부모님은 나름 자부심 하나로 성실하게 열심히 살아왔음을 이 책을 통해 밝히고, 자라나는 총생들이 당당한 사회인으로 살아갈 수 있도록 자부심과 긍지, 그리고 자신감을 심어주고 싶었다.

셋째는 음악이나 모든 예술활동을 하는 이들에게도 널리 읽혀져서 과거에 우리 선조들의 음악활동이 어떤 모습이었으며 우리 음악을 지키기 위해 얼마나 노력을 기울였는지를 과거의 실상을 돌아보고 근원을 찾아보는 좋은 사례가 되었으면 한다.

필자가 직접 쓴다는 것이 처음에는 걱정이 앞서 작가에게 직접 의뢰

해 볼까도 생각했다. 하지만 본인이 직접 써야 왜곡이 방지되고 의도한 대로 책이 나올 것 같다는 주위 사람들의 의견을 반영하여 필자 본인이 직접 쓰게 되었다.

그래서 이 책에서도 많은 친인척들을 광범위하게 소개하지 않고 등장인물을 한정했다. 짧은 지식으로 글이 왜곡되거나 초점이 흐려질 것에 대한 염려 때문이었다. 또한 등장인물들이 이 책으로 말미암아 마음의 타격을 입을 수도 있다는 생각에 성함을 분명하게 밝히지 않은 점 양해를 구한다.

지금은 국악인으로 명성을 날렸던 능주 출신의 많은 원로들이나 혈연관계에 있던 친인척들이 대부분 작고하고 없다. 남아있는 분들 중에는 이 지역 출신임에도 출신성분을 숨기고 이미 다른 지역 사람이 되어 활동하고 있는 이들이 있다. 당장은 아니더라도 이 지역 출신들이 떳떳하게 고향을 얘기할 수 있는 사회적 풍토가 하루빨리 조성되었으면 한다.

2021년 3월 조웅석

차례

■ 해설편

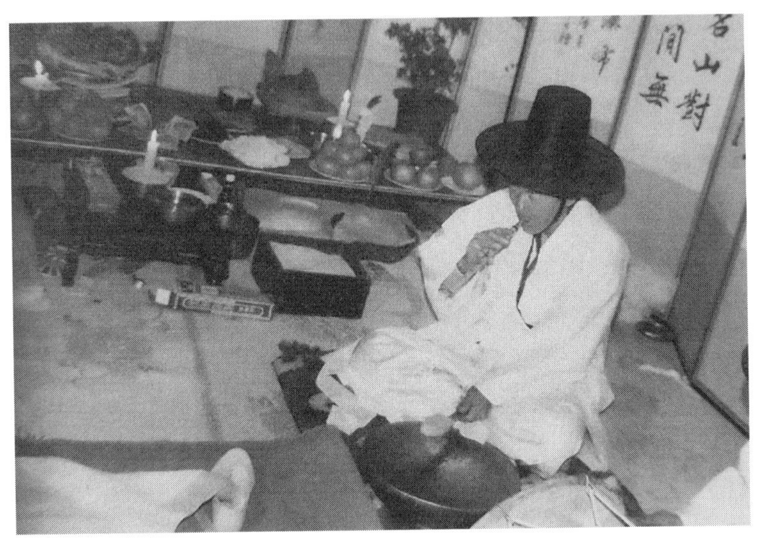

▲ 피리와 징을 동시에 다루면서 바라지를 하고 있는 조계남 고인, 고인의 수가 절대 부족한 시대상황에서의 궁여지책이지만 그 실력을 가늠할 수 있는 광경이기도 하다.

▲ 조계남(장구)과 조도화(징), 작은아버지와 조카 관계지만 연배가 비슷한 두 사람은 항상 짝을 맞춰 바라지를 하였다. 조계남이 본향거리를 하는 중에 조도화가 징으로 받쳐주는 모습이다.

■ ■ ■

창녕 조氏 가계도

▲ 조계남 생가 : 전남 화순군 능주면 정암길 94

▲ 신청神廳 터 2: 1924년 일제의 탄압이 심해지자 제2의 신청활동이 행해진 곳으로 능주씻김굿 명맥이 유지되고 있는 곳.

■ 조석홍(1641~1713)

조계남의 7대조로 자는 경능이며 글쓰기와 시조창을 좋아했다.

■ 조달승(정해생)

조계남의 6대조로 자는 달성이며 시조창과 기악을 좋아했다.

■ 조병필(1725~?)

을사년 음력 1월 16일생인 조병필은 자가 동필이며 동생 병인과 함께 가선대부贈嘉善大夫에 추종된 인물이다. 병필은 조계남의 5대조로 관아와 마을 행사를 주관하면서 능주 삼현육각을 꽃피우는데 주된 역할을 했으며 무속인과 혼인을 했다는 이유로 문중에서 파문을 당하였다. 하지만 직계 자손인 조계남이 적극적으로 나서 석홍의 윗대 조상을 찾아내는 데 앞장섰고, 1982년 가성을 토대로 자손들의 행적을 조사하여 끊긴 족보를 올리는데 기여했다. 병필의 부인은 하동 정씨이다.

■ 조병인(1735~?)

조병인은 자가 인필이며 규영의 둘째 아들로 태어났다. 형인 조병필과는 10년 아래로 형처럼 가선대부贈嘉善大夫에 증 받았다. 병인의 후예에게서도 많은 명인 명창들이 나왔다. 조상선 명창이 병인의 후손이기도 하다. 두 형제가 가선대부를 받았을 정도라면 그 기예와 활동상이 유추되는 바다.

■ 조유환(1799~?)

병필의 맏아들이다. 기사생이며 병필과 생일이 같은 음력 1월 16일에 태어났다. 무업을 했던 것이 분명하게 확인되는 인물이다.

■ 조규영(1816~?)

조규영은 자가 영서, 병자년 음력 4월 26일에 태어났고 기일은 음력 3월 3일이다. 능주신청의 대방을 역임하였고 줄타기 명인이었다. 슬하에 3남 2녀를 두었다. 특히 삼형제 종률, 종언, 종엽 중 첫째와 셋째인 종률과 종엽은 고종황제에게 재주를 직접 보이고 벼슬을 하사받을 정도였던 바, 당대 최고의 재인광대를 낳은 것이다. 규영은 전주 이씨 부인에게서 종률을 낳았다. 이씨 부인은 얼마 못 가 병이 들어 죽게 되고 보성 신씨 부인을 맞아 종언과 종엽을 낳았다. 신씨 부인도 두 아들을 낳자마자 세상을 떴고 장씨 부인이 들어와 종률, 종언, 종엽 삼형제를 정성껏 키웠다. 조규영은 무슨 연유에서인지 자신의 유언대로 멀리 떨어진 청풍면 진밭마을 위 학송리 마을 뒷산, 양지 바른쪽 학봉 야산에 묻혔다.

■ 장씨 부인

장씨 할머니는 코가 커서 별호로 코보할머니라고 불리었다. 장씨 할머니는 규영씨 곁에서 첫째 부인에게 낳은 종률과 둘째 부인에게 낳은 종언, 종엽 삼형제를 길러냈다. 종엽은 부인 정홍에게 코보할머니 제사상만은 항상 걸게 차릴 것을 당부했다. 기일은 음력 1월 6일이다.

■ 조종률(1846~?)

조종률은 자가 상범이고 병오년 4월 26일에 조규영의 맏아들로 태어났다. 능주신청의 대방직을 지냈으며 동생 조종엽과 함께 고종황제

앞에서 줄을 타고 의관(종9품) 벼슬을 하사받았던 인물이다. 의관직은 판소리 5명창 중 한 사람인 '김창환'이 받은 바 있는 벼슬 이름인데 조종률과 조종엽은 그와 견줄만한 위상을 지녔음을 알게 해준다. 당시 줄타기 명인이었다.

■ 조종언(1871~?)

조종언은 자가 상문이고 신미년 정월 25일에 병필의 둘째 아들로 태어났다. 고인으로 활약한 종언은 슬하에 조견만과 조몽실을 자식으로 뒀다. 종언과 그 후예들은 가야금병창에 뛰어난 재능을 발휘했다. 기일은 음력 7월 26일이다.

■ 조종엽(1876~1941)

병자년 음력 10월 22일 출생한 조종엽은 자가 상언이고 별호는 상엽 또는 '조떼갈'로 불리었다. 상엽이란 이름은 일제때 창씨개명을 피하기 위해 다른 이름을 하나 더 가진 데서 유래한 것으로 전해진다. 슬하에 기남, 도남, 계남 3남과 날진이, 복인이 2녀를 두었다. 종엽은 능주에서 마지막 신청神聽 지킴이였으며 당대 최고의 고수로 타악에 능했고 젓대를 잘 불었다. 여러 악기를 섭렵했으며 '덧배기춤'의 창시자이기도 하다. 검무, 바라춤 등 정통 한무韓舞에도 조예가 깊어 춤을 배우는 문하생들이 많았다. 그의 형인 조종률과 함께 당대 최고의 줄타기로 명성을 날렸고 시서화에도 조예가 깊어 시조창 읊기를 즐겼다. 기일은 음력 6월 29일이다.

■ 정 홍(1879~1954)

정홍은 진주정씨로 기묘년에 태어났다. 조종엽의 부인으로 화순군 동면 자포실 마을에서 태어났다. 13세 때 능주 조종엽에게 시집을 와서 무업巫業에 종사하게 되었다. 키가 크고 미모가 빼어났으며 그 누구도 해 볼 수 없는 언변술과 당찬 기질을 지니고 있었다. 강직한 성격에 대범하기까지 한 인물이다. 기일은 음력 2월 16일이다.

■ 조몽실(1898~1954)

조몽실은 음력 7월 8일생으로 조종언의 둘째 아들로 태어났다. 광주소리01)의 대가로 당대 최고의 판소리 명창이었다. 흥부가, 심청가로 많은 이들를 울렸다. 몽실은 공창식, 김창환, 송만갑, 이동백을 사사하였고 명창의 반열에 올랐다. 열두 살 때 집안의 5촌 조카인 조동선과 함께 공창식에게 2년간 학습하였다.

변성기를 맞아 목을 쓸 수 없게 되자 실의에 빠졌으나 다시 마음을 추스르고 능주 뒷산 유바탕을 찾아 신께 큰절을 올리며 목이 트이게 해 달라고 기원하였다. 그 후, 매일 밤 목욕재계를 해가며 심야에 유바탕에 올라가 산신께 고하고 밤새워 심청가 전바탕을 몇 번이고 부르는 독공 끝에 드디어 목을 얻게 되었다. 창극 활동 및 원산 권번 등에서 소리선생을 하는 등 소리꾼으로 활동하였고 가야금병창에도 능했다.

■ 조기남(1905~1973)

조기남曺基南은 을사년 음력 7월 21일생으로 조종엽의 첫째 아들로 태어났다. 기남은 키가 크고 얼굴이 넓어 넙보란 별명이 따라 다녔고 잘생기고 풍채가 좋았지만, 시두손님02)이 와서 얼굴이 얽게 되었다. 그는 초년부터 소리를 잘해 가야금병창을 했고 징, 장구로 자타가 공인할 정도로 뛰어난 재주를 보였다. '도남이 꽹과리, 징을 잡으면 멋이 있어 경글어지고 모든 사람이 뒤집어진다'는 말이 나올 정도로 타악에

01) 광주소리는 서편제 '광주판', '광주판 서편제'로 불려왔으며, 이날치-김채만-박동실로 전해진 소리를 일컫는다.

02) 피부가 얽어지는 피부질환.

뛰어난 솜씨를 발휘했다. 도남은 능주에서 바라지하며 고인 역할을 하기도 했다. 피리, 젓대에도 조예가 있었다. 능주면 소재지를 벗어나 천덕리 마을로 옮겨 살기도 했고 중년에는 만주로 진출하여 식당을 크게 운영하면서 풍류를 가르치기도 했다. 말년에는 서울로 이사해 살다가 작고하였다. 기일은 음력 12월 3일로 경기도 여주에 묘가 있다.

■ 조도남(1913~1966)

조도남曺道南은 계축년 음력 3월 3일 조종엽의 둘째 아들로 태어났다. 도남은 인물이 좋고 키가 커 풍채도 좋았다. 어려서부터 북, 장구 등 뛰어난 감각과 재주가 타고난 인물로 가歌 · 무舞 · 악樂 뿐 아니라 시詩도 잘 짓고 붓글씨도 잘 썼다. 말끝에 유머가 있어서 안 웃는 사람이 없었고 '도남이 도남이' 하며 동네 사람들로부터 칭송이 자자했다. 인민군에게 붙잡혀 죽을 뻔한 사람들을 도남의 지혜와 언변으로 살려내기도 했다. 마을 사람들이 공적비를 세워 준다고 해도 '술 한잔이면 된다'며 거절했다. 이처럼 도남은 뛰어난 언변과 인간애로 인공시절 좌우를 가리지 않고 많은 사람을 살려냈다. 기일은 음력 5월 5일로 도암면 천태리에 묘가 있다.

■ 변씨(?~?)

계남은 홀로 지내는 형수의 모습이 아타까워 능주로 모셔와 식구들과 동거하며 살게 했다. 변씨는 평생 계남의 자손들을 자식처럼 돌봐주며 생활하다가 외롭게 임종했다.

■ 조계남(1916~1987)

조계남曺桂南은 병진년 음력 12월 16일생으로 능주에서 종엽의 셋째인 막내아들로 태어났다. 슬하에는 4남 2녀를 두었으며, 평생 부인과 함께 고인 역할을 충실히 했다. 풍물 굿판에서 새납을 불기도 하고 쉬는 날이면 조도화, 조동선, 박기채, 한주환과 환갑잔치같은 동네 잔치에 삼현 치러 다녔다. 계남은 특히 피리, 새납을 잘 불었으며 젓대는 휴식을 취하며 마음의 안정을 취할 때 즐겨 불었다.

어려서부터 신청神聽에서 성장하여 여러 음악을 보고 듣고 자랐던 영향으로 북, 장구장단과 구음 등 다양한 굿소리를 익히고 악기를 잘 다뤘다. 한 손으로 징을 치고 다른 한 손으로 피리를 연주하는 뛰어난 기예를 지녔던 계남은 능주에서 전해 오는 삼현가락을 잊지 않기 위해 동네잔치나 굿판에서 선율을 얹혀 연주하는 등 가락의 원형 그대로를 보전하기 위해 매일같이 피리를 손에 놓아 본 적이 없었다.

이처럼 피리, 대금, 새납 등 능주삼현의 전승 계보자로 전라도 시나위 마지막 대가로도 알려진 인물이다. 3형제 중 인물이 제일 빠진다는 평을 들은 것과는 다르게 무속인으로서 지켜야 할 도리를 모범적으로 손수 실천함으로써 단골가의 품격과 절제된 전형적 모습을 보여주었다. 자신의 직업을 천직으로 여기며 숙명처럼 받아들이는 태도와 인품은 무속인들 뿐 아니라 지역민들에게도 감동을 끌어냈다.

몸이 왜소한 계남은 항상 온화한 표정으로 말이 없고 조용하였다. '계남은 화순의 양반이다.'라는 평을 들을 정도로 평소 예의범절을 중요시하여 몸과 마음가짐이 흐트러짐이 없었고, 강직했다. 계남은 임종하기 전까지 조씨 조부님들을 위한 합동 제사를 올렸고 충실하게 능주 단골판을 끝까지 지켰으며 성실하게 굿판에 임했다.

목숨을 보장받을 수 없는 혼란한 전쟁 통에도 사망자를 위해 사선을 넘나들며 굿을 했다. 또한, 자식에 대한 열정과 희생으로 부인과 함께 평생 매일 밤낮으로 굿을 해 4형제 모두 대학공부를 시켰으며, 딸들도 고등학교를 서울로 유학 보낼 정도였다.

계남은 효성도 지극했다. 막내아들이면서도 부모를 모셨으며, 두 형

또한 마지막 임종의 순간에는 자신의 배우자나 자식들보다 계남을 먼저 찾았다.

계남은 동복에 있는 오태석, 오진석, 그리고 대금 명인 한주환과의 음악적 교류를 하였고 한천농악 초창기 단골 새납수 역할을 했다. 그의 새납가락은 일찍이 주목받아 전국 각지에서 태평소 가락을 녹취해 갔다. 말년에는 강신무들과 함께 변함없이 일하며 평생 굿을 한 마지막 단골가의 고인[03]이었다. 기일은 음력 6월 26일이다.

■ 박정녀(1924~2016)

박정녀朴正女는 갑자년 음력 11월 13일 화순군 도암면 정천리(구 금릉) 마을에서 태어났다. 기일은 음력 1월 21일이다. 부친은 박만실이며 오빠가 3명 있었다. 정녀는 어릴 적부터 머리가 총명하여 일찍이 글공부를 익혔다. 13세에 친정어머니가 돌아가시고, 15세에 계남과 혼인을 했다. 친정아버지와 시아버지가 막걸리 한잔을 들며 정녀의 혼사가 결정됐다. 이는 정신대 공출을 피하기 위한 방책이기도 했다.

시어머니가 병이 들자 생계를 꾸리기 위해 시어머니에게 배운 무업을 시작했고 남편 계남이 직접 굿을 가르쳐 주었다. 정녀의 기억은 비상했다. 무가뿐 아니라, 굿에서 사용하던 경을 전부 육두로 펠 정도였으며 씻김굿 사설로도 가장 문서가 많았던 인물이다.

정녀는 평소에도 '일체 타인에 대한 나쁜 말을 하지 않아야 하며 거짓이 없어야 한다'는 삶의 소신을 밝혀 왔다. 임종 시에는 '부모에 대한 원망, 형제간에 대한 원망, 자식에 대한 원망을 다 풀었다'며 친아버지 묘소를 못 찾은 것을 후회했다. 큰오빠 인석이, 둘째 오빠 의석이, 셋째 오빠 준석이, 큰조카 영완이, 작은 조카 영문이, 여조카는 영초라고 되뇌이면서 임종했다. 정녀는 90세가 넘어서고 암투병중에도 혼자 고

03) 소리와 악기로 바라지 해 주는 사람이다.

향 지키기를 고집하였고 집안을 항상 정갈히 관리했다. 동네 사람들은 '둘도 없이 좋으신 분이 갑자기 돌아가셨다'며 아쉬워했다.

부친은 무업을 하지 않고 소리꾼으로 활동하였고 모친은 생계를 위해 잠깐 무업을 한 적이 있다. 정녀는 일찍이 모친을 여의고 부친과 큰어머니와 배 다른 오빠들과 같이 살다가 계남에게 시집을 왔으며 부친은 남은 식구들을 데리고 능주면 원지리로 이주했다. 그녀는 조씨 가문으로 시집 와서 풍으로 누워 계신 시어머니를 임종할 때까지 11년간 수발했다. 그 공로로 성균관과 화순군청으로부터 효부상을 받았고, 성덕이 깊어 지역 사람들로부터 신임이 두터웠다.

■ 조정만(1881~?)

조정만은 조종률의 맏아들이다. 신사년 음력 4월 4일생으로 조종률의 첫째 아들로 태어났으며, 기일은 음력 1월 6일이다. 정만은 한의원으로 판소리에 일가견이 있었다. 조동선과 조도화의 부친으로 피리, 태평소 명인이었다.

■ 조동선(1911~?)

조동선은 신해년 음력 2월 10일생으로 조정만의 맏아들로 태어났다. 동선은 전문 소리꾼이었다. 조몽실과 함께 김채만의 제자인 공창식에게서도 판소리 공부를 했다. 심청가와 춘향가를 2년 배우고 난 후 조몽실은 김창환 문하로 떠나고, 조동선은 박동실에게 배우고 장판개 문하에서 흥보가와 적벽가를 배웠다. 해방 후에는 광주에서 박동실, 오태석, 조몽실, 공기남, 박후성, 공대일 등과 창극을 했고, 안채봉은 '소리를 배운 것만큼 써먹지 못하고 세상을 떠났다'며 아쉬워했다. 동선은 꽹과리, 징도 잘 다뤘다. 능주 권번 사람들은 '동선이 꽹과리를 치면 다들 뒤집어진다'며 그의 모습을 회고했다. 기일은 음력 2월 1일이다.

■ 조양금(1913~?)

조양금은 한양 조씨로 계축년 음력 1월 6일에 출생했다. 13세에 소리꾼 조동선과 혼인을 했다. 양금은 시집와서 시어머니가 무업을 시켜도 무시했으나 시어머니와 남편이 작고하자 생계를 위해 안사차와 함께 문서를 놓고 굿 학습에 들어갔다. 양금은 '춤이 일품이었으며 소리 또한 구성지다'는 평을 들었다.

■ 조도화(1913~2002)

조도화는 계축년 음력 12월 19일생으로 조정만의 둘째 아들로 태어났다. 기일은 음력 2월 1일이다. 도곡 버무골(덕산밑)에서 시집을 온 공경례와 혼인하여 슬하에 5남매를 두었다. 도화의 모친은 오자근으로 가야금병창 명인인 오태석의 친고모이다. 판소리계에서는 조박, 조두라는 예명으로 알려지기도 했다. 조박은 박자에 뛰어난 재주가 있어서 붙여진 이름이고, 조두는 기량이 우두머리에 해당할만하여 붙여진 이름이다.

젊은 시절 목을 쓸 수 없었지만, 장구, 꽹과리, 징 등 타악 만큼은 그 시대 세인들과 비견할 수 없을 만큼 뛰어나 박동실의 지정고수로 활동하는 등 명고수로 한 시대를 풍미했다. 중학교를 졸업하고 광양 금광에 경리로 취직하면서도 순천권번에 출입하게 되었다. 그러다 소리 선생으로 와 있던 집안 어른 김막동을 만나게 되고 그분의 권유로 아예 순천권번으로 직장을 옮기면서 그곳의 명고수로 활약했다.

도화는 명고수 김명환에게도 장단과 소리를 가르친 바 있고 박귀희, 임춘행, 한예순 등과 동일창극단 일원으로 활동한 적이 있다. 6.25동란 이후 능주로 들어와 작은아버지와 작은어머니인 조계남 부부와 형수인 조양금, 사돈인 안사차 일행과 합류하여 굿판에서 장구 반주자로 활동하였다. 훗날 6촌 동생인 조웅석이 도화의 북과 장구를 사사했다.

■ 안사차(1917~1995)

안사차 부친은 안창섭(안창진)이고 모친은 명창 박화섭의 누님이었으며, 친정은 춘양면이다. 안사차는 세 자매 중 제일 소리가 좋았으며, 17세 때 능주에 사는 명창 박기채에게 시집을 갔다. 박기채는 매부 공창식을 사사한 당대 최고 명창 중 한 사람이었다. 안사차는 시어머니로부터 무업을 전승받고도 얼마간은 무업을 하지 않았지만, 시어머니 작고 후 생계가 어려워지자 본격적으로 무업을 시작했다. 명창의 부인답게 목이 구성지고 깊이가 있었다.

■ 박만실(?~?)

박만실의 자는 '치도'이고 별호는 '꼿꼿이'였다. 조종엽의 친한 벗으로 계남의 장인이자 정녀의 부친이다. 키가 크고 풍채가 좋았던 만실은 도암면 정천리에서 어린 정녀와 살다가 정녀가 계남에게 시집을 가자 능주면 원지리로 이사해 생활했고 말년에는 병이 들어 춘양면에서 살다 작고했다.

■ 조웅석(1963~)

조계남의 막내아들로 태어났으며 아호는 '산이'다 고향에서 고등학교를 마치고 서울로 상경하여 대학을 다녔다. 짧은 직장생활을 하다가 부친이 세상을 뜨자, 부모님이 행하던 무업의 소중함을 깨닫고 고향으로 낙향하여 본격적으로 무업에 뛰어들었다. 현재 굿소리, 장구, 대금, 피리, 아쟁, 장구, 새납 등 무속음악의 전반을 다루고 있으며 후학들에게 씻김굿 소리를 가르치고 있다.

어린 시절 부친인 계남에게 소리와 장구, 춤사위를 배웠고 훗날 6촌 형님뻘인 조도화에게 북과 장구장단을 익혔다. 조계남은 임종 무렵 막내아들을 불러 젓대를 건네주며 "이 젓대에는 신선의 세계가 있으니 마음이 적적할 때 불면 마음이 차분해 질 것이다."라고 말했다. 웅석은 사회생활을 하면서도 부친의 말씀이 항상 귓전에 맴돌았고, 부친의 굿소리와 피리가락을 그냥 묻히기엔 안타깝다는 생각에 대금을 잡기 시작했다. 웅석은 그렇게 부모님의 무업을 잇고 나서 '부친께서 왜 무업의 끈을 쉽게 놓지 않았으며 얼마나 소중한 자원이었던가'를 깨닫게 되는 계기가 되었다.

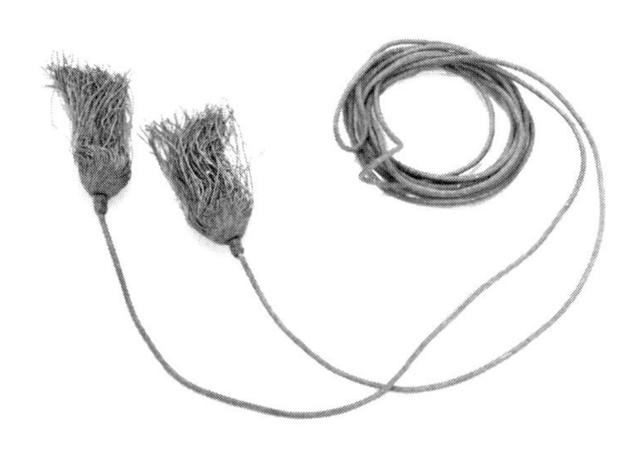

▲ 조종엽 소장품

▲ 조종엽의 정씨 부인 소장품

본문시작

▲ 조종엽의 친필인 두루마리 가사집

석홍의 여정

1641년 석홍은 경기도 파주시 원평면에서 태어났다. 1660년대 당시 부친은 파주에서 병사들을 거느리는 지역 총사령관격인 관직을 지내고 있었다. 이때 조정은 당파싸움으로 정세가 어수선했다. 1665년 여름, 생명의 위협을 느낀 부친은 외아들 석홍을 불러 다급하게 말했다.

"시국이 어수선하니 너라도 어서 몸을 피하거라."

"가족들을 놔두고 어딜 갑니까? 떠날 수 없습니다."

영문을 모르는 석홍은 거절했으나 부친은 버티는 석홍을 달래며 재촉했다.

"얼마나 오래가 될지는 모르나 시국이 안정되면 다시 올라오너라."

부친은 지도를 꺼내며 손가락으로 남쪽 지방인 '능주綾州'[01]를 가리켰다. 도착하면 주변 산세를 살피고 인적이 드문 곳에 정착해 살 것 역시 당부했다. 그날 밤 석홍이 봇짐을 싸는 중 누군가 집안으로 다급히 들어오며 부친을 불렀다.

"어르신! 어르신! 얼른 몸을 피하십시오."

다급한 외침에 부친은 석홍에게 지체 없이 피할 것을 명했다. 어느새 관군들이 대문 앞까지 몰려와, 석홍은 부친이 묶어준 몸종을 데리고 뒷문으로 도주를 감행했다. 석홍은 목숨이 위태로운 식솔들을 뒤로

---

01) 구 지명 능성.

하고 다급하게 산 쪽으로 몸을 숨겼다. 멀리서 식솔들이 잡혀가는 모습이 눈에 선하게 들어왔다. 관군들은 석홍을 잡으러 오는지 산 쪽으로 쫓아 올라오고 있었다. 석홍은 몸종과 함께 있는 힘을 다해 산속으로 도주했다. 그러다 몸종은 관군에게 붙잡히고, 석홍만이 어렵게 관군에게서 벗어날 수 있었다.

산 정상에 오르자 멀리 고향마을이 시야에 들어왔다. 석홍은 눈시울을 붉히며 고향 쪽을 향해 큰 절로 부모님을 향한 하직 인사를 올렸다. 주체할 수 없는 감정에 눈물이 흘러내렸다.

석홍은 산 능선을 타고 이동하다 아버지에게서 건네받은 지도를 펼쳐 보았다. 지도에는 지형이 세세하게 그려져 있었다. 그는 지도를 보며 걷고 또 걸어 남쪽으로 향했다. 몇 날 며칠을 걸었을까 마침내 전라남도 능주에 도착했다. 마을 입구에 다다르자, 능주 오일장이 서는 날이어서 고을 사람들이 물건을 사고팔며 분주한 날을 보내고 있었다. 한쪽에서는 소싸움이 벌어지고, 또 한쪽에는 삼삼오오 모여 공연 놀이를 하는 등 모두 풍요롭고 평화로운 모습이었다.

주막에서 며칠을 묵고 있던 석홍은 저녁을 먹고 난 후 마당으로 나와 무심코 하늘을 올려다보았다. 마침 산마루에 보름달이 떠오르고 있었다.

'올커니, 저 산을 넘어가보자.'

다음날 아침 석홍은 주막집 주인을 불러 물었다.

"저 산을 넘어가면 무슨 마을이 있소?"

"저런 곳에 무슨 마을이 있겄소."

먹을거리와 생활에 필요한 물건을 사 들고 연주산으로 오르기 시작했다. 올라가 보니 마을 전체가 훤히 내려다보였다. 주변 형세를 살펴

본 후, 연주산을 넘어 지금의 행정구역인 화순군 한천면에 소재한 '가옥제'라는 인적이 드문 산중 마을에 당도하였다. 저녁연기가 모락모락 피어오르는 굴뚝들이 보였다. 열 채도 채 안 돼 보이는 마을의 집들 중 한 곳으로 들어가 그는 하룻밤 묵을 것을 청했다. 주인은 자신의 집은 식구들이 묵을 방 한 칸 밖에 없다고 해서 그날 밤 석홍은 그 집 헛간에서 신세를 질 수밖에 없었다.

다음 날 주인은 마을에서 좀 떨어진 한천면 가옥제 빈집을 알려 주었다. 쓰러져가는 빈집을 조금씩 보수하기 시작한 석홍은 그곳에서 새로운 삶을 시작하였다. 필요한 물건이 있는 날에는 능주 장날에 나갔고, 장이 안 서는 날에는 책을 쓰거나 글을 읽었다. 마을 사람들은 그 모습이 수상한 듯 종종 수군대기 일쑤였다.

어느 날 석홍이 능주장을 다녀오는데, 방안에 단아하게 밥상이 차려져 있었다. 아무리 생각해봐도 누가 밥상을 차려 놓았는지 알 수 없었다.

그리고 며칠 후, 한 여인이 석홍을 찾아 왔다. 순간 그는 밥상을 마련해 준 이가 이 여인이라는 것을 알아차릴 수 있었다.

"왜 여인네가 사내 혼자 있는 집에 오는 것입니까?"

석홍의 물음에도 여인은 아무 대답이 없었다. 그녀는 풍채 좋고 깨끗하게만 보이는 석홍이 글만 읽을 줄 알고 살림살이를 전혀 못 할 것 같은 마음에 도와주고 싶었던 모양이었다.

며칠 후 석홍은 우연히 마을 사람들로부터 그 여인이 '신들렸다'는 말을 듣게 되었다. 여인은 하루가 멀다고 석홍을 찾아왔다. 심지어 옷가지 이불 빨래를 해 주는 등 수발을 다 했다. 결국, 석홍은 그 여인과 부부의 연을 맺고 살다가 1707년 달승을 낳았다.

석홍은 부인과 함께 밭을 일구며 산에 올라가 나무를 해와 불을 때는 등 한가로운 생활을 이어 갔다. 쉬는 날에는 글을 읽다가 시를 쓰거나 시조를 읊었다.

어느 날 부인에게 마을 사람이 찾아왔다. 집안에 우환이 들어 말 좀 들어 보려고 찾아왔다는 것이다. 부인은 서슴없이 말이 나오는 대로 일러 주었다. 일종의 비방이었다. 그 후로 종종 사람들은 부인을 찾았다. 이를 지켜본 석홍은 부인에게 글을 가르치며 손비빔 말을 일러 주었다.

시간이 흐르자 장성한 아들 달승이 좀 더 사람들이 많이 모여 사는 능주로 나가 살기를 원했다. 석홍은 할 수 없이 달승을 능주로 내보냈다. 그렇게 능주에서 생활을 시작하게 된 달승은 병필과 병인 형제를 낳았다. 어느덧 이 소식을 알았는지 조정에서는 석홍을 불러들이려 했다. 하지만 연로하다는 이유를 들어 조정에 나가지 않았다. 이를 통해 석홍은 자연스럽게 능주에서 뿌리 내리게 되었다.

▲ 유충렬전

병필의 혼인과 파문

병필은 어느새 성장하여 한양으로 과거시험을 보러 다니기 시작했다. 어느 봄날, 병필은 과거시험을 치르고 내려오던 길에 경기도 한 주막집에 들렀다. 그곳에서 하룻밤을 지내기로 한 병필은 한밤중에 들린 인기척에 눈을 떴다. 도둑이 방에 들어와 쏜살같이 보따리를 들고 도망가는 장면을 목격한 것이다. 병필은 뒤쫓아 달려갔지만, 도둑은 순식간에 사라져버렸다. 병필은 주막으로 다시 돌아와 잠 깬 사람들을 뒤로하고 다시 방으로 들어가 잠을 청했다.

다음 날 아침 길을 걷던 병필에게 허기가 찾아 왔다. 충청도쯤 지나가다 보니 설상가상으로 해가 저물고 있었다. 병필은 몇 푼 안 되는 돈을 확인한 후, 여비가 떨어져도 배는 채워야겠기에 주막집으로 들어갔다. 그는 저녁을 먹은 후 주인에게 자신의 사정을 이야기하고 하룻밤 묵을 것을 청했다. 주인은 별말 없이 방을 안내해 주었다. 그 안에는 몇몇 사람들이 짐을 풀고 휴식을 취하고 있었다. 좀 불편하긴 했지만 다행이라 여기고 두 다리 뻗고 누워 하품을 늘어지게 했다.

내일부터는 또 집까지 어떻게 내려가야 할지 걱정을 하고 있는 차에 어디선가 '쿵더쿵' 북 장구 소리가 나더니 희미하게 음악을 치는 소리가 아득히 들려왔다. 병필은 밖으로 나가 주막 주인에게 물었다.

"이게 무슨 소리요?"

"요 앞 대갓집에 큰 굿이 났지요."

흥이 많았던 병필의 발걸음은 어느새 그곳으로 향하고 있었다. 집 앞에 도착하자 담장 너머로 걸판진 풍악 소리가 들려왔다. 병필은 열려 있는 대문 안으로 들어가 굿 쉬는 틈을 타 일을 주관하는 무속인에게 다가갔다. 이곳에서 여비를 벌 기회라 생각한 병필은 그에게 조심스럽게 물었다.

"재주는 어떨지 몰라도 북 치는 것을 거들어드리면 아니 되겠소?"

무속인들은 병필을 물끄러미 바라보다가 서로 의심스러운 눈빛으로 중얼거렸다.

"양반 행색인데 선비 같은 사람이 설마 북을 잡을 수 있으려나?"

주관하던 무속인은 반신반의한 심정으로 승낙을 했다. 구경 나온 동네 사람들도 풍채가 그럴싸한 선비가 북이나 잡을 수 있겠느냐는 듯 비웃었다. 병필은 부친에게서 북 치는 법을 배웠던 터라 자신이 있었다.

그는 자신을 의심하며 바라보는 광대들 사이에 앉아 자리를 잡았다. 북채를 잡고 '쿵~'하고 한 번을 내려치니 꾸벅꾸벅 졸고 있던 주위 사람들이 눈을 번뜩 떴다. 옥구슬 굴러가는 듯한 가락을 내니,

"누구냐. 누가 치냐?"

주위 사람들이 수군거리며 어리둥절 쳐다보기에 바빴다. 그날 밤 병필은 밤새 굿에 충실히 임했다. 아침이 밝아 오자 비로소 굿은 끝이 나고 무속인은 고생했다며 여비를 듬뿍 챙겨 주며 말했다.

"이곳 근처에 오면 한 번씩 들러 북채를 잡아 주십시오."

그 후 병필은 한양을 몇 번 왕래하다가 그 무속인과 함께 능주 고향

집으로 내려와 부부의 연을 맺고 살림을 시작했다.

1725년에 태어난 병필은 자가 '동필'이었다. 병필은 신청 대방직에 있었다. 신청대방은 절대적인 위치로 대방의 명을 누구도 거역할 수 없었고 규율 또한 몹시 엄격하였다. 이렇게 병필은 능주 삼현육각과 능주씻김굿 연행에 필요한 악공들을 가르쳐 길러냈고, 관아의 행사나 마을의 모든 행사를 집전했다. 또 신청소속 일원이 굿을 하고 돌아오면 받아 온 사례금을 신청소속 고인들에게 분배하되 학습 수준에 따라 차이가 있게 분배했다. 악공들과 소리꾼 등 예술인들은 저마다 서로 경쟁하듯 1인이 여러 기예를 익히고 뽐냈으며 그들은 줄타기, 소리, 검무, 승무춤, 악기 등으로 다양한 학습의 장을 넓혀 나갔다.

훗날 병필과 병인 형제는 가선대부에 추종되어 신분이 노출되자, 문중에서 병필이 무속인과 혼인했다는 이유로 그를 파문시켰다. 그러면서도 병필은 아버지 달승과 무속에 관한 내용을 정리하고 집필하는데 힘을 쏟았다.

이후 유환을 거쳐 규영이 태어났다. 규영은 전주 이씨 부인에게서 종률을 낳았다. 이씨 부인은 얼마 못 가 병이 들어 죽게 되고 보성 신씨 부인을 맞아 종언과 종엽을 낳았다. 신씨 부인도 두 아들을 낳자마자 세상을 뜨자 규영은 실의에 빠졌다. 그러던 중 장씨 부인이 들어와 종률, 종언, 종엽 삼형제를 정성껏 키웠다. 하지만 얼마 못 가서 규영은 세상을 떴고 무슨 연유에서인지 자신의 유언대로 능주에서 떨어진 청풍면 진밭 위 학송리 마을 바로 뒷산 양지 바른쪽 학봉 야산에 묻히게 되었다.

그 후 1906년, 둘째 아들 종언은 목포로 배를 타러 나갔다가 배가 뒤집히는 사고를 당했다. 장씨 부인은 아들의 신체라도 찾기 위해 능주 사람들을 동원하고 목포 앞바다에서 살고 있는 인부들을 동원하여 몇 날 며칠 동안 숙식을 제공하면서 아들을 찾아 나섰다. 배를 띄우기를 반복하여 결국 신체를 찾아 능주로 옮겨 왔다.

조씨 집안은 이때 재산을 거의 소진하다시피 했다.

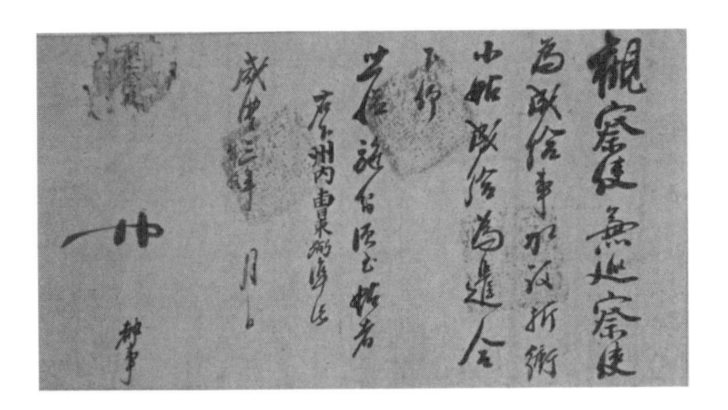

황제의 하사품

1903년(광무 7년) 조종엽은 형인 조종률과 고종 황제의 부름으로 줄을 타러 한양으로 향했다. 한양 땅에 도착한 두 형제는 한강변에 자리를 잡고 50m 길이의 줄 위에서 기량을 맘껏 뽐냈다. 황제는 탄복하며 두 형제에게 의관직을 수여했다. 종엽은 부상으로 신발 밑바닥에 은구슬이 박힌 빨간 가죽신을 하사받았다.

고향으로 돌아온 종엽은 하사받은 가죽신을 신고 신작로로 나갔다. 한 발을 디뎠더니 '떼갈', 또 한 발을 내디디니 '떼갈' 소리가 났다. 신작로에 있는 자갈과 신발 바닥의 은구슬이 마찰하며 일어나는 소리였다. 종엽은 마음이 흐뭇했다. 한가한 날이면 종엽은 '떼갈떼갈' 소리를 내며 자랑삼아 거리로 나갔다. 이때부터 조씨 집안은 떼갈 소리가 난다고 하여 '떼갈네'로 불리게 되었다.

1899년 종엽은 화순군 동면 자포실 마을에 살았던 정홍을 부인으로 맞아들여 기남, 도남, 계남과 둘의 여닷이 자손 5남매를 낳았다. 정홍은 키가 크고 절세미인이었으며 장부다운 기질이 다분하였다.

어느 여름날, 계속되는 가뭄으로 농경지가 황폐화되고 농사꾼들의 탄식이 이어지던 중 정홍은 꿈에 선몽을 받았다. 그녀는 새벽녘에 영

실청[02]에 들어가 정안수를 올린 다음 큰절을 올리고 기도를 했다. 다음날 아침이 되어서야 정홍은 괭이 소시랑을 든 건장한 인부들과 마을 사람들을 데리고 앞장서서 산으로 올라가 주저 없이 어느 산소를 지목하더니 파게 했다.

순간, 하늘에서 먹구름이 끼더니 갑자기 바람이 불기 시작했다. 마을 사람들과 산에서 내려올 때쯤에는 번개와 함께 우레와 천둥소리가 요란하더니 장대비가 쏟아지는 것이었다. 이를 계기로 마을에는 가뭄이 해갈되고 사람들은 신통하다며 정홍의 말 한마디라면 주저 없이 믿고 따랐다.

[박정녀의 육성 녹취록]

"우리 씨어메가 나서서 헌닥했어. 그랬어. 가서 뫼 파라고 허락해 주고, 아 애기들 차려서 불써 준다고 자석들 명지르라고 불써 준다고 헝께, 우리 씨어머니가 알아서 해빘는가비여, 그 심 믿고. 자식 좋단께 팔고, 먼저 나섰는가비여, 말도 잘하고, 명치매 질질 끗고.

지금 와서 가만히 생각해 보면 우리 씨어메 권도 있어."

막내며느리에 비친 시어머니의 모습이다. 불법인 묘를 파는 일까지 시위성에 가까운 행동을 경찰서로 앞장서서 찾아 들어가 과감하게 감행함으로써 허가에 가까운 묵인을 얻어내 해결하는 담력과 권도(권세)는 경탄할 만하다. 이는 굿에 대한 자부심에서 나온 것으로 보인다. 굿

02) 신을 모시는 공간.

에 있어서 자부심이 대단했음을 인지할 수 있는 사례가 하나 더 있는데 임종 직전에 정홍이 한탄한 말이다.

"아이고, 내 말을 어따가 전장을 다 하고 죽을거나"

정홍은 화순군내에서 누구에게도 구애됨이 없이 무업권을 확보해 나갔다.

1910년 한일합방이 되자, 신청에 모여 학습하던 문하생들이 하나둘 떠나기 시작했다. 신청의 문하생들은 결국 조씨 가문의 친인척들뿐만 아니라 토박이 마을 사람들로 구성되고 있었다. 이때 신청소속이었던 김광동, 김복동, 김막동은 별호로 대자, 백이, 유백이로 불리었다. 마지막 신청 지킴이로 남아 있던 종엽은 남은 문하생들을 다독이며 직접 검무, 승무춤과 소리 등을 가르치기에 이르렀고 마을 행사나 향교의 제사를 지낼 때 악공들을 데리고 삼현육각을 잡히게 하는 등 음악 활동을 계속 이어갔다.

1916년 능주에도 어김없이 일제가 들어와 통치하고 있었다. 그곳은 목사고을답게 마을 규모가 큰 편이어서 타지 사람들이 많이 몰려들었다. 신청에 소속된 이들은 대갓집이나 기생집에 불려가 삼현가락에 맞춰 소리와 줄타기 등 솜씨를 뽐냈고 쉬는 날이면 신청사람들끼리 모여 저마다 기량을 닦았다. 능주에서 오랫동안 터를 잡고 사는 사람들은 어떤 이는 능주가 광주보다 더 큰 고을이었다고 주장할 정도로 능주권번이 워낙 규모가 커서 여러 곳에 기생집들이 수십 채가 진을 치고 있을 정도였다.

당시 능주에는 우리 음악에 관심이 있거나 배우고자 하는 한량객들도 덩달아 몰려들었다. 전국 각지의 한량들이 당나귀 등에 돈꾸러미를 가득 담은 전대를 얹고 꺼덕거리며 들어섰다. 이렇듯 조선 각지에서 오는 한량들의 발길이 끊이지 않았다.

능주에 들어서면 기생집 하나를 정해 봇짐을 풀고 전대 속 돈꾸러미가 다 없어지도록 풍류를 즐겼다. 돈꾸러미가 떨어지고 빚지는 날에는 고향으로 돌아가지 못하고 기생집 행랑채로 거처를 옮긴 후 하인 생활로 돌아서는 경우가 허다했다.

하지만 일제강점기가 시작되면서 일제는 사람들이 모이는 것을 꺼려했다. 마을 사람들이 모이는 것을 통제함은 물론 금지시키기까지 했다. 그런 이유로 여러 음악인의 학습장소로 활용되던 신청의 기능도 서서히 약화되어 갔다.

그런 혼란 속에서 1916년 12월, 종엽의 막내아들인 조계남이 태어났다. 계남의 형제는 위로 조기남, 조도남, 누이, 여동생으로 5남매였다. 계남은 부모가 거의 신청에서 살다시피 한 탓에 어린 시절부터 기생들 품에서 자랐다. 그로 인해 계남은 자연스럽게 각종 음악을 접할 수 있었다. 신청에 소속된 사람들은 하나같이 계남을 예뻐했고 이 집 저 집 서로 돌아가며 어린 계남을 돌봐 주었다.

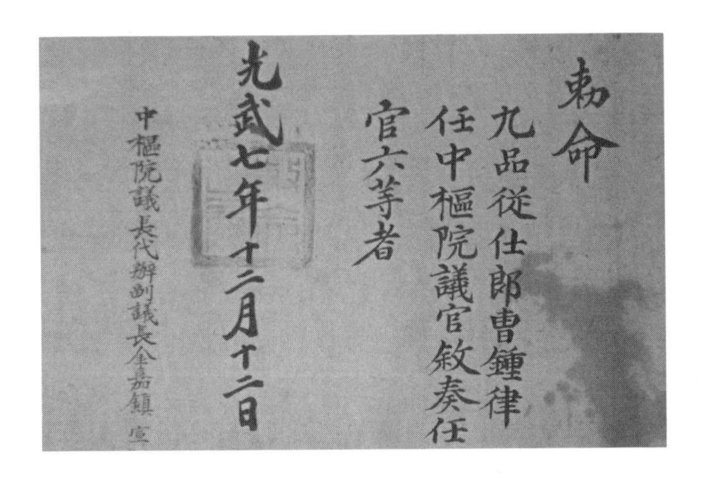
勅命
九品從仕郎曺鍾律
任中樞院議官敍奏任
官六等者
光武七年十二月十二日
中樞院議長代辦副議長金嘉鎮 宣

불타는 신청

평화로움이 계속되던 어느 날, 모두가 잠들어 있는 한밤중에 "불이야~" 하는 외침과 함께 요란한 사람들의 목소리가 들려 왔다. 종엽은 벌떡 일어나 밖을 살폈다. 신청 쪽에서 불길이 치솟고 있었다. 단걸음에 뛰어가 보니 신청 건물이 불에 타고 있었다. 종엽은 신청에 모셔진 봉안을 목숨보다 더 중히 여겼다. 다급한 종엽은 말리는 사람들을 제치고 불길 속으로 뛰어들었다. 걱정 가득한 얼굴로 아우성치는 사람들의 시선 속에 마침내 가슴에 무언가를 품고 시커먼 연기를 뒤집어쓴 종엽이 그을린 모습으로 불길 속을 빠져나왔다.

신청은 온 마을을 집어삼킬 듯 타올랐고 불길은 종엽을 비웃듯 더욱 활활 타오르고 있었다. 마침내 마을 사람들의 도움으로 불길이 잡혔고 종엽은 곧장 경찰서로 향했다. 누가 불을 냈는지 심증이 있었던 종엽은 화풀이라도 해야만 분이 풀릴 것만 같았다. 경찰서로 들어간 종엽은 '왜 선량한 사람들을 괴롭히냐'며 따져 묻기를 반복했다. 하지만 공허한 메아리였다.

종엽은 집으로 돌아와 그을린 봉안을 살폈다. 그을린 흔적을 보자 억장이 무너졌다.

"천하에 죽일 놈들…."

분노한 종엽은 몇 번을 되뇌며 중얼거렸다. 꼬박 밤을 샌 종엽은 오물통을 들고 경찰서로 향했다. 말리는 순경들을 제치고 경찰서를 향해 오물통을 던졌고, 결국 순사에게 붙들려 화순으로 이송되었다.

정홍은 곧장 화순 경찰서를 찾아 갔다. 당시 나라에 녹밥을 먹을 사주가 있는 아들들이 있으면 정홍에게 파는 이[03]가 많았는데 그 아들들이 장성해서 경찰서 등 관청에 근무하는 이가 많았다. 결국 정홍이 자신에게 판 아들들의 힘을 믿고 무속인으로서 당찬 힘을 발휘했다. 그 결과 경찰서에서 하룻밤을 묵은 후 종엽과 함께 능주집으로 돌아올 수 있었다. 집으로 돌아온 종엽은 불에 탄 신청을 복원하기 시작했다.

하지만 일제는 신청을 강제로 빼앗고 직접 관리하면서 신청소속 사람들을 모이지 못하게 조치하였다.

능성(능주)신청은 풍수지리에 좋은 위치(행정구역상 전남 화순군 능주면 잠정리 228번지 300평 규모)에 있었다. 신청부지 내에는 대방이 사용할 1채 건물, 청지기(신청 지킴이)가 사용할 건물 1채, 곳집 1채로 ㄷ자 형태로 지어져 있었다. 신청에서는 매달 음력 14일과 30일, 매년 정월 대보름, 추석에 제사를 지냈는데 모두 평상복 차림으로 절을 하였고 위폐에는 '대방 아무개'라고 쓰여 있었다. 신청은 굿, 제사 등 마을의 중요행사를 관장했던 곳이자 예인들의 교육이 이루어졌던 장소였다.

예인들은 '고인[04]'이라고 칭하고 모든 악기를 연주할 수 있는 실력을 갖춰야 했다. 그래야 행사장에서 몇 시진씩 삼현을 치더라도 서로 교대로 번갈아 가면서 연주할 수 있기 때문이다.

---

03) 점지한 자손 잘 되게 대신 빌어 달라고 하는 표현으로 실제로 어머니라고 칭함.

04) 악기를 연주하는 악사

일제는 여기서 그치지 않고 종엽의 집을 뒤져 은그릇 놋그릇을 몽땅 가져갔다. 이때 종엽은 고종황제에게 하사받았던 가죽신마저 빼앗겨 분실하게 되었다.

사실 종엽이 왕성히 활동했던 1890년대 말까지만 해도 조씨 가문은 살림살이가 풍족했다. 당시 능주면 백암리 마을 일대의 논들은 거의 조씨 집안의 것으로 가을이면 셋거리[05]를 받으며 살았고, 집안의 장독대에 있는 독아지들이 지천으로 널려 있었을 정도였다.

하지만 일제강점기부터 종엽은 거의 활동할 수 없었기에 점점 가계가 기울기 시작한 것이다. 사람들이 모이는 것 자체를 통제하여 굿 등 중요한 마을 행사를 전면 금지시키는가 하면 '굿은 미신이다'라고 선전하기에 이르렀다. 설상가상으로 미신이란 단어가 동네 사람들 입에 오르내리기 시작했다.

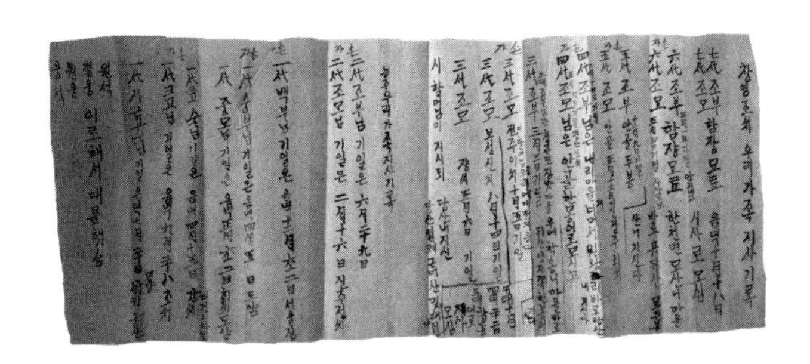
창녕조씨 우리 가족 지사 기록

▲ 조계남은 작고 직전 집안 어른들의 기일을 적어 놓고, 자손의 대를 잇고 할 일을 다 했음을 선대에 고했다.

05) 사용한 세

어린 소리꾼

1918년 계남은 나이 세 살이 되던 때 종엽은 대접물에 피리 '서06)'를 꺼내 불어 보곤 했다. 호김심이 가득했던 계남은 아버지가 없는 틈을 타 대접 있는 쪽으로 슬그머니 걸어가 담가 놓은 피리 '서'를 꺼내 들고 입으로 바람을 불어 넣었다.

"빼~"

세 살짜리가 어디서 그런 공력이 나오는지 웅장한 소리에 어린 계남은 자신이 내는 소리에 놀라 그만 피리 서를 떨어뜨렸다.

"허 허, 저놈 뱃심이 참 좋네!"

종엽의 말이 떨어지자 주위에 있던 신청 사람들이 신기하다며 어린 계남의 행동에 깔깔거리며 웃었다.

1920년 다섯 살이 된 계남은 신청에 머무르는 어른들과 기생들의 소리를 귀동냥한 덕에 어린 나이에도 소리를 곧잘 따라 했다. 어떤 때는 신청 어른들에게 불려가서 소리를 했다. 그러다 보면 구경하던 기생들이 어린 계남에게 용돈을 건네주며 즐거워했다.

일제강점기에는 신청에 기여하거나 활동을 인정받으면 누구라도 신청에 소속될 수 있었다. 각양각색의 사람들이 모인 터라 불미스러운

---

06) 피리 관대에 꽂아 부는 일종의 리드이다.

일도 생겼고, 신청에는 규율이 엄했다. 규율을 잡기 위해 선배는 후배를, 선생은 제자를 매로 다스리기도 했다. 그 모습이 안타까웠는지 종엽은 신청에서 심하게 매를 든 이를 추방하기까지 했다.

1922년 여름 이른 아침에 종엽은 신청에 소속되어 소리 공부 중이던 일행을 데리고 유바탕에 올랐다. '유바탕'이란 판소리 여섯 마당을 따서 부른 말로 신청에 소속된 소리꾼들이 공부하는 득음 장소이다. 원래 '육바탕'이란 용어를 연음화해서 부르다 보니 '유바탕'으로 불리어졌다.

능주 뒷산에는 유바탕과 동저골이란 곳이 있는데, 지금의 능주고등학교 뒷산 비탈길로 넘어가면 지대가 낮게 꺼져있고 평평한 곳에 작은 집 한 채 유바탕이 자리하고 있었다. 그 주변으로 낮은 산들이 유바탕을 에워싸고 있어 소리 공부하기에는 적합한 장소였다.

소리를 공부하는 이는 소리 선생에게 해가 질 때까지 혼이 나면서 진땀을 흘려야 했던 곳이 바로 이곳이었다. 소리 공부하는 날, 점심때가 되자 신청소속 기생은 음식을 장만한 뒤 지게꾼을 통해 음식을 유바탕으로 올려보냈다. 그날은 초행이었던 지게꾼에게 길을 안내할 사람이 없었고 마침 아버지를 따라 몇 번 올라가 본 적이 있던 종엽의 막내아들 계남이 자청하여 길을 안내하겠다고 나섰다. 아버지와 소리꾼들의 모습이 궁금했던 까닭도 있었다.

학교 뒷산을 넘어 유바탕에 가까워지자, 소리꾼들의 소리가 들려왔다. 유바탕에 들어서자, 시끌벅적하게 소리 공부하는 사람들과 공부하는 이를 훈계하는 선생들의 모습이 보였다. 공부하는 이들은 받은 음식을 즐겁게 먹으며 잠시 쉬는가 싶더니, 또다시 소리 공부가 시작되었다. 그들에게 방해가 될세라 계남은 곧장 지게꾼과 함께 산에서 내려왔다.

기남 삼형제는 아버지가 짜 준 들그물[07]을 가지고 큰 냇가로 나가서 물고기를 잡곤 했다. 기남과 막내 계남이 들그물을 치고 족대를 양옆으로 잡고 있으면 도남은 멀리서 돌을 던지며 고기를 몰아오는 역할을 했다. 그렇게 형들과 재미있게 놀고 들어온 계남은 세상 모르게 잠이 들었다.

다음날, 종엽은 막내아들 계남을 깨워 자신을 따라오라고 했다. 계남은 영문도 모른 채 북통을 들어 매고 앞장서는 아버지 뒤를 따라 유바탕에 올랐다. 이른 아침인지라 울창한 풀숲이 이슬에 촉촉이 젖어 있었다. 유바탕에 도착하여 평평한 돌위에 계남을 앉게 한 종엽은 막대기를 들고 돌을 치면서 장단을 두드리며 자신을 따라 해 보라고 했다. 계남은 북통을 앞에 두고 아버지가 일러 주는 대로 박자를 맞추기 시작했다.

"덩궁덕 궁덕덕 궁궁딱 궁~궁……."

아침을 깨우는 북소리에 산새들의 날갯짓이 퍼덕였다. 그렇게 얼마 동안 장단 공부는 이어지고, 종엽은 이내 젓대를 꺼내 불기 시작했다. 아버지가 앉아 있는 자리에서 안개가 자욱하게 피어오르기 시작했다. 계남은 아버지의 모습이 신선처럼 느껴졌다.

07) 물속에 그물을 펼쳐두고, 미끼로 물고기를 유인하여 한꺼번에 잡는 그물.

나라 잃은 설움

항일의식이 각별했던 종엽은 신청 활동을 못마땅해하고 방해하려는 일제에 대한 적개심을 가지고 있었다. 능주신청 마지막 대방이기도 했던 종엽은 능주 장날(음력 10월 14일) 맨상투 차림으로 흰색 두루마기를 입고 장에 나갔다. 한 순사가 말을 탄 채 종엽에게 물었다.

"왜 상투를 자르지 않느냐?"

"……."

"왜 아직도 상투를 자르지 않는 것이냔 말이다!"

당시 단발령이 시행된 이후로 상투를 한 이를 찾아보기 힘들었다.

순사는 급기야 종엽의 상투를 잡고 흔들기 시작했다. 종엽은 함부로 자신의 상투를 흔드는 모습에 참을 수가 없어 소리쳤다.

"내 이놈들! 사람들 앞에서 무슨 행패냐."

"주위를 둘러봐라!"

순사의 외침에 종엽은 다른 사람들을 바라보았다. 자신만 상투가 있을 뿐 다른 사람들은 모두 하나같이 상투가 없었다. 하지만 그는 자신의 고집을 꺾지 않았다. 부모에게 물려받은 상투이기에 자를 수 없다며 버텼다. 순사는 화가 났는지 가지고 있던 검은 먹물을 종엽의 흰 두루마기 위에 뿌렸다.

"하하하…."

순사의 비웃음에 참을 수 없는 수치심이 밀려왔다. 두 주먹을 불끈 쥐고 달려들었지만, 사람들은 그런 그를 감싸고 말렸다. 종엽은 분했지만 애써 감정을 억눌렀다.

그렇게 집에 돌아온 그는 한참을 망설이다 마당에 거적을 깔고 물 한 그릇을 떠놓고 절을 한 다음, 가위로 상투를 잘랐다. 잘린 상투를 부여잡은 종엽은 한참을 그 자리에서 울었다.

"결국, 이 나라는 망했구나."

신청에 모셔둔 봉안08)을 싸 들고 능주 영벽정 아래 강가로 간 종엽은 모든 것이 끝났다는 절망감에 휩싸인 채 봉안을 태우기 시작했다. 그런 그를 따라와 이 모든 모습을 지켜본 이가 바로 열 살도 채 안 된 막내아들 조계남이었다.

봉안을 태우고 집에 돌아온 종엽은 마당에 거적을 깔고 몇 날 며칠 식음을 전폐하고 통곡하였다. 나라 잃은 설움 속 봉안을 지키지 못한 선영에 대한 죄스러움에 주체할 수 없는 감정이 밀려 왔다.

그 후, 종엽은 '이제 우리의 시대는 끝났다'고 판단했다. 자식들이 훗날 먹고 살아가는 데 있어 스스로가 해 오던 굴레를 벗어나길 바라며, 자신의 기예를 더 이상 가르치지 않기로 다짐했다.

08) 신청 어른들의 위패가 들어있는 함.

태극기 제작

1929년 11월, 가까운 광주에서 학생독립운동이 일어났다.

능주에도 이 운동이 들불처럼 번져 1929년 12월 항일의식이 강했던 조상선과 공기남, 조계남, 조도화 등은 태극기를 만들기 위해 계남의 아랫채 방 하나를 빌렸다. 계남과 도화는 번갈아 가며 밖을 감시했고 이틀 동안 많은 양의 태극기를 만들어 배포했다.

그렇게 일제의 탄압이 계속되고 1940년으로 접어들자, 창씨개명 시대가 도래했다. 종엽도 예외는 아니었다. 창씨개명을 피하기 위해 그는 부인 정홍을 데리고 거처를 옮겨 다녔다.

처음에는 석고리로 옮겼다가 두 번째는 석고리 다른 지번으로 옮겼고, 세 번째는 잠정리 집으로 옮겼다가 네 번째는 선산이 있던 한천면 가옥제 마을로 옮긴 후 마지막에는 능주 잠정리로 이사하는 등 종엽은 창씨개명을 피하기 위해 이름을 별호로 바꿔 가며 거처를 계속 옮겨 다녔다.

종률과 견만도 각각 조영만과 조명수란 이름으로 바꾸며 거처를 옮겨 다녔는데 조떵어리, 멋떵어리로 불려진 견만(명수)은 이때 광주로 이주했다.

젓대 소리와 명고수 탄생

1934년 계남이 19세가 되던 해 능주에는 너도나도 소리 한 대목을 못 하는 이가 없었을 정도로 소리꾼들이 많았다. 또 일요일이면 한량들은 능주 영벽정에서 풍류를 즐기곤 했다. 이날도 능주 신청 소속 소리꾼들이 영벽정에 올라 서로 돌아가며 한 가락씩 소리를 자랑했다. 그 다음으로 계남의 스승인 송씨가 젓대를 들고 가락을 뽐냈다. 옆에 있던 머슴 하나가 재빠르게 뛰어나오더니 하얀 종기그릇을 들고 무릎을 꿇은 채 젓대에서 흘러나오는 침샘[09]을 받았다.

능주에는 이런 이야기가 전해오고 있다. 능주의 어느 처자가 시집을 갔다. 시집을 가서 보니 서방님의 행동이 좀 남달랐다. 집에만 들어오면 앓는 소리를 하는 것이었다.

"아이고 허리야, 아이고 팔이야!"

매일 아침에 나가면 밤늦게 집에 들어와 아랫목에 쓰러지기 바빴으며, 허리, 팔다리타령이 빠진 날이 없었다. 하루도 거르지 않는 서방님의 이 모습에 새댁은 어느 날 불현듯 궁금증이 일었다. '우리 서방님은 도대체 어떤 일을 하시길래 항상 저러실까?'

하루는 아침을 먹고 나서 서방님 뒤를 몰래 따랐다. 서방님은 어느

---

09) 대금을 불면 입김에 습기가 생겨 물처럼 대금관으로 흘러 내려옴.

큰 잔칫집으로 들어갔다. 새댁은 까치발을 하고 담 너머 풍악 소리가 나는 마당 안을 들여다봤다. 서방님은 삼현육각[10]을 연주하는 악사들과 같이 있었다. 그런데 서방님의 자세가 좀 이상했다. 젓대(대금)잽이 바로 옆에 붙어 앉아서 젓대가 쳐지지 않도록 받치고 있는 모양새였다. 사실은 젓대를 불면 입김으로 인해 젓대의 관 끝에서 한방물씩 떨어지는 물기를 종기로 받치고 있었던 것이다.

다음은 계남의 차례였다. 지금까지 갈고 닦은 기술을 어른들 앞에 선보이는 중요한 기회였다. 계남은 자신이 만든 젓대를 꺼내 들었다. 머슴이 계남 옆으로 가 무릎을 꿇은 채 하얀 종기를 받쳐 들었다. 젓대에서 흘러나오는 소리를 향해 모두 숨을 죽인 채 집중하고 있었다.

"웅~ 웅~"

계남의 다스름[11]으로 영벽정의 운치 있는 풍광과 어우러진 젓대 소리가 사방에 울려 퍼졌다.

마침내 소리는 끝이 나고 흥겨운 시간이 계속되었다.

1933년 도화는 중학교를 졸업하고 광양 금광이라는 회사에 경리로 취직했다. 직장생활하고 있던 도화는 우연히 순천 권번에 간간이 출입하게 되었다. 그곳에서 한량북을 잡게 되었고, 남원사람 이한량이라는 한량으로부터 북을 배우기 시작했다.

그러다 그곳에서 소리 선생으로 와 있던 집안 어른 김막동을 만나게 되었다. 김막동은 도화에게 아예 순천 권번으로 옮길 것을 권유하여 직장을 그곳으로 옮기게 되었다.

10) 가야금, 거문고, 해금 3현과 징, 장구, 북, 대금, 쌍피리로 우리나라 전통악기 편성 명칭.
11) 대금을 연주하기 전에 김을 불어 넣기 위해 내는 소리.

도화는 권번의 경리를 봐주면서 기생들을 관리하는 임무도 겸했다. 이는 고향에서 갈고닦은 기량을 소리와의 인연으로 다시 만나 명고수로 거듭나는 전환점이 되었다.

1936년 종엽은 이때까지만 해도 물질적으로 풍족하지는 못했지만 어렵지 않는 삶을 살고 있었다. 능주면 잠정리, 일명 '핑개동' 마을에다 세 칸짜리 큰 집을 지어 한 칸은 큰 아들 기남이가, 또 한 칸은 둘째 도남이가 사용하게 했다.

계남이 21세가 될 무렵, 계남은 지척의 할아버지가 살던 집을 찾아갔다. 집에는 아무도 없었다. 정제문[12]이 열려있어 무심코 그곳을 들여다보니 디딜방아 안에 무엇인가 꿈틀거리는 물체가 보였다.

어두워서 무엇인지 잘 보이지 않자 계남은 천천히 그 안으로 들어갔다. 가까이 다가가 보니 디딜방아 안에서 큰 구렁이 한 마리가 똬리를 튼 채 고개를 쳐들고 있었다.

놀란 계남은 그 자리에서 발이 떨어지지 않았다. 그렇게 숨죽이고 서 있는데, 누군가 계남의 어깨를 툭 쳤다. 형 도남이었다. 구렁이를 본 도남은 펄쩍 뛰며 징그러운 듯 사람을 시켜 밖으로 가지고 나가 불로 그슬리고 말았다. 그것을 알게 된 정홍은 도남에게 호통을 치며 탄식했다.

"업구렁이를 어쩌자고 그런 짓을 했느냐? 집안이 망하려고 이런 재앙이 생겼구나!"

그 일 때문이었는지 그 이후 조씨 가계는 하루가 다르게 기울기 시작했다.

---

12) 부엌문이란 뜻으로 전라도 방언.

계남의 독공

1938년 계남의 큰형인 기남은 만주로 올라가 큰 식당을 운영하며 많은 돈을 벌고 있었다. 계남의 나이가 23세가 되던 해, 고향집으로 내려와 살게 된 기남은 결혼을 하고 식솔들을 거느리게 되었다. 가정을 꾸리고 살던 그는 큰돈을 벌 목적으로 또다시 만주로 올라갔다.

그러나 생활이 여의치 않자 기남은 다시 고향에 내려왔고, 내려올 때 가지고 온 아편을 하기 시작했다. 이 사실을 알게 된 어머니 정홍은 기남에게 크게 호통을 치고 능주면 4리 밖으로 내쳤다. 그렇게 기남은 식솔들을 데리고 능주에서 떨어진 천덕리로 이사를 하게 되었다.

계남은 형님의 이삿짐 나르는 것을 돕기 위해 상을 머리에 이고 형님과 형수님 뒤를 따르며 이삿짐 옮기는 것을 거들었다. 그렇게 기남은 천덕리에서 몇 년을 살다가 식솔들을 데리고 서울로 올라가 완전한 서울살이를 시작했다.

도암면에 살던 둘째인 도남 역시 인공의 후유증으로 부인을 잃은 슬픔을 이기지 못하고 술을 가까이하여 종엽의 눈 밖에 났다. 그 후로 능주로 발길을 옮기지 못하였다.

그렇게 모든 형제가 떠난 후, 계남은 홀로 고향에 남아 대대로 지내온 집안의 제사와 각종 대소사를 손수 챙기며 가장 역할을 하기 시작했다.

계남의 스승은 본래 신청 출신으로 기예가 탁월했던 송씨였다. 하지만 아버지인 종엽은 자식들에게 자신의 기예를 물려주기 싫었다. 첫 번째 이유는 살아갈 날이 창창한 자식들이 무속인, 광대라며 천대시 받거나 사회에 나가 당당하지 못할 것 같았고 두 번째는 자유로운 생활로 인해 마음을 못 잡고 방탕한 생활을 할까 염려스러웠기 때문에 더 이상 자신의 기예를 가르치지 않기로 마음먹었다.

얼마 못 가서 송씨는 병이 들어 세상을 떴다. 식솔들의 부양을 책임져야 했던 계남은 농사를 지으면서도 굿판에 뛰어들기 위해 능주 신청 출신의 자제분인 김홍순씨를 찾아가 피리 공부를 하기로 마음 먹었다. 홍순씨는 피리와 젓대를 잘 불었다. 아버지인 종엽에게도 칭찬이 자자했던 인물이다. 그렇게 배우기를 며칠, 순천 권번 생활을 그만두고 고향으로 돌아온 조카 도화가 당숙인 계남의 집을 찾았다.

"삼촌, 요즘에 무슨 바쁜 일 있는가? 통 안 보여서… 하하"

"응, 조카 나 홍순씨한테 피리 좀 배우고 있네."

"삼춘은 얼마나 배웠는디?"

"응, 요 며칠 안 되었네."

"그럼, 나도 따라 배워 보까?"

"그러세! 허허…."

사실 계남은 이전부터 도화와 단짝이라 함께 배우면 많은 도움이 될 것 같았다. 다음날, 둘은 홍순씨를 찾아가 피리공부를 시작했다. 계남은 당시 굿판에서 피리를 부는 이가 없었으니 용이하게 써먹을 생각도 있었지만, 궁극적인 목적은 따로 있었다.

신청에 있으면서 듣고 자란 삼현가락 등 신청에서 행해진 음악을 누구 한 사람이라도 나서서 보전해야만 했다. 신청 출신의 자제들은 부친으로부터 익힌 기량을 타관으로 가서 활용하여 인간문화재가 되고 국악 원로로 활동하였지만 정작 능주라는 시골 마을에 남아 음악활동을 하려는 이가 없었다.

이런 가운데 계남은 아버지와 신청 사람들과 지냈던 신청에서의 추억, 그리고 거기서 행해지던 삼현가락을 자신만이 잘 알고 있었기에 후대에 물려줘야 하는 절박함을 느꼈다.

그래서 계남은 혼자서도 삼현가락을 충분히 익힐 수 있다고 생각해서 날로 몸이 쇠약해지던 홍순씨를 찾아가 피리 부는 법을 우선 익히고 싶었다.

계남은 어릴 적 신청에서 어른들의 음악을 한 몸에 보고 듣고 자랐기에 맥을 잇기에는 적격한 인물이었다. 계남과 도화는 성실히 배움에 임했다. 그로부터 3개월 후, 도화는 드문드문 배움터에 나오지 않기 시작했다.

“삼춘, 나는 잘 안 되아. 이쪽이 아닌 갑서.”

급기야 도화는 싫증을 느끼기 시작했다. 사실 그는 북과 장구 가락에 취미가 많았다. 신청 어른들도 그의 재능을 알았는지, ‘조박’이란 별호를 붙여 부르기도 했다.

하지만 계남은 홍순씨를 찾아가 부지런히 배웠다. 시간이 날 때면 새납 서를 만들기 위해 바닷물이 흘러들어오는 갈대밭을 찾았고, 피리를 만들기 위해 신우대를 꺾어와 밥솥에 넣고 쪄서 정성껏 만들어 사용했다.

또 추운 겨울이 되면 그는 젓대를 만들기 위해 도화를 데리고 대나무밭을 자주 찾아 나섰다. 펄펄 내리는 눈발에도 아랑곳하지 않고 납

작하고 예쁘게 빠진 대나무를 골라 땅 주인에게 돈을 주고 베어 왔다. 집에 가져온 대나무는 계남의 손에 의해 하나씩 젓대로 완성되었다.

그러던 어느 날 도화는 계남의 큰아버지인 기남이 만주에서 큰 식당을 운영한다는 소식을 듣고 만주로 떠나게 되었다.

그렇게 도화는 배움을 그만두었고 계남은 홍순씨를 찾아다니며 배움을 계속했다. 홍순씨는 대장간을 운영해서인지 손재주가 남달라 계남에게 젓대 만드는 법까지 가르치며 열의를 다하였다.

그렇게 시간이 흐르고 1년이 채 안 되었을 때, 홍순씨는 계남을 가르칠 수 없을 만큼 몸이 아파 병석에 눕게 되었다. 이때부터 계남은 피리 젓대 공부를 홀로 독공해야만 했다.

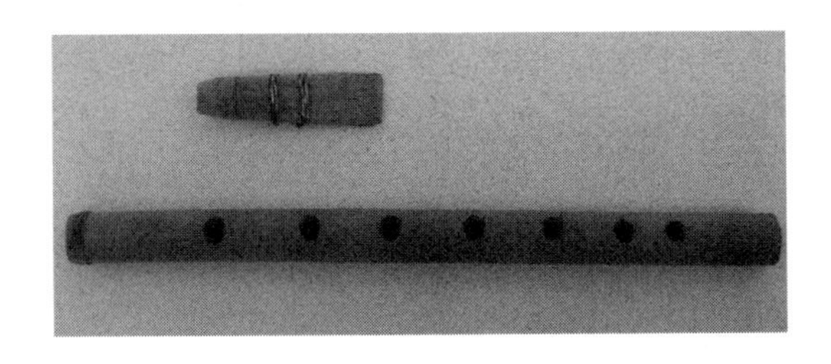

▲ 조계남이 직접 만들어 불던 피리 서와 관대

계남과 정녀의 혼인

1938년 계남은 정녀와 혼인하였다. 정녀는 도암면 정천마을에서 태어나 열두 살이 되던 해 가슴에 병을 앓았던 친어머니를 여의었다. 정녀에게는 손 위로 친언니가 있었는데 얼굴이 곱고 키가 컸다. 그러나 1932년, 정녀 나이 아홉 살이 되는 해에 언니는 열두 살 나이로 병이 들어 죽었다.

정녀에게는 아버지의 본실에서 나온 오빠가 셋이 더 있었는데 이들은 능주면 원지리 도림에서 살고 있었다. 정녀가 태어나자 큰어머니와 오빠들은 못난이를 낳았다며 '못난이' 진찬이[13] 낳았다고 '진찬이'라 부르며 놀려댔다.

치도는 총명했던 정녀를 옆에 끼고 글공부를 가르치기 시작했다. 그 덕분에 정녀는 일찍이 보통학교 1학년에 들어갈 수 있었다.

계남의 부친과 정녀의 부친은 평소 친분이 깊었다. 정녀의 부친은 '박만실'로 자는 '치도'요 별호는 '꼿꼿이'였다. 이는 성품이 꼿꼿하다고 해서 붙여진 별호였다. 키가 크고 인물이 잘생긴 만실은 정천마을에 단골판을 크게 가지고 있었지만, 굿을 하지 않고 소리꾼으로만 활동했다.

---

13) '괜히'라는 뜻으로 전라도 방언.

정녀의 나이 15세가 될 무렵, 종엽과 치도는 능주에서 술자리를 마주했고 이 과정에서 자녀들의 혼사 얘기가 오고 갔다. 당시에는 일제의 정신대 공출이 성행했던 시절이어서 조혼을 서둘렀다. 정녀도 일본으로 공출될 것을 염려했던 치도는 종엽에게 키워서 며느리로 삼을 것을 제안했다. 종엽도 치도의 제안에 흔쾌히 화답하며 혼인 날을 받았다.

정녀는 혼례가 무엇이고 시집살이가 무엇인지 짐작만 할 뿐 아무것도 아는 것이 없었다. 어느 집안, 얼굴도 모르는 남정네와 혼례를 치러야 한다고 생각하니 두렵기까지 했다.

음력 3월, 계남과 정녀는 예를 올리고 부부의 연을 맺었다. 혼례를 하고 나니 정천마을 어른들은 정녀가 양반집으로 시집을 가 잘살고 있다면서 칭찬이 자자했다.

능주 5일장이 들어서는 날이었다. 정녀는 신발이 없어 버선바람으로 물동우를 이고 갔다. 그런데 정천마을 사람들이 장을 보러 나왔다가 그런 정녀의 모습을 보고 혀를 내둘렀다

"시집을 잘가 잘 사는 줄만 알았더니 쯧쯧……."

큰댁은 그런대로 살림살이가 괜찮았지만 막내인 계남의 형편은 그리 넉넉하지 못했다. 부엌문은 오래된 판자로 덧대 붙여있어 금방이라도 부서질 것만 같았고 한 칸짜리 작은방에서 시부모를 모시며 네 식구가 생활해야만 했다.

정녀가 조씨 가문으로 들어와 시집 생활을 한 사이, 아버지인 치도는 몸이 아파 돌볼 식구가 필요했다. 그래서 정천마을에서의 생활을 접고, 원지리(이뭇) 너머 도림에다 단골판을 사서 부인과 함께 큰아들 집으로 살림을 옮겼다. 그 이후로는 정녀의 오빠들은 정녀를 찾아오지 않았다. 무업을 하는 조씨 가문으로 시집을 갔다는 이유에서였다.

2년째 시집 생활을 하던 어느 날, 정녀는 너무 지치고 힘이 들어 도림에 있는 친정집을 찾아갔다. 아버지는 몸이 좋지 않으신지 병석에 누워 계셨다.

"정녀야, 정 그러면 군산에 가서 가게 하나 얻어 같이 살자."

아버지는 정녀를 위로하며 말했다. 하지만 정녀와 같이 살기가 달갑지 않았던 큰어머니는 정녀의 몸이 이상하다는 것을 알아차렸다. 결국, 치도는 정녀를 불러 놓고 타일렀다.

"정녀야, 웬만하면 돌아가 조서방하고 같이 살도록 해라."

어쩔수 없이 시댁으로 돌아온 정녀는 이듬해 첫째 아들을 낳았다.

1942년 겨울, 날이 갈수록 치도는 병세가 점점 악화되었다. 이양 금릉에 살고 있던 둘째 아들은 이를 걱정하여 그를 모셔가서 수발하였다.

어느 날 밤, 정녀는 꿈을 꾸었다. 그것은 아버지인 치도가 정녀에게 "잘 살아라"라는 말과 함께 비행기를 타고 떠나는 꿈이었다. 놀라 꿈에서 깨어 보니 눈가에 눈물이 가득 맺혀 있었다. 꿈이 너무나 생생하였지만 정녀는 대수롭지 않게 생각했다.

아침나절 정녀는 식사를 하고 앞마당을 쓸고 있었다. 그때 도림에서 사람이 찾아왔다. 아버지 치도가 임종했다는 기별이 온 것이었다. 정녀는 가슴이 무너져 내렸다.

오후가 되어서야 큰아들을 등에 업고 도림에 살고있는 큰오빠 집으로 향했다. 큰오빠는 정녀를 반갑게 맞이했고, 형제들은 안방에 모두 모여 있었다. 친정 식구들은 마포옷을 한 벌씩 골라서 입고 있었다. 그러나 정녀의 옷은 없었다. 알고 보니 올케(오빠의 부인)는 정녀가 마포베 값을 안 가져왔다며 마포치마를 입지 말라고 했다는 것이었다.

"정녀 옷은 왜 안 해 놨냐!"

이 사실을 알게 된 큰오빠는 노발대발 소리치며 작대기를 들고 이리저리 쫓아다녔다. 분했던 정녀는 그 길로 곧장 시댁으로 돌아왔다.

건을 쓴 채 뒤따라 온 둘째 오빠 의석이 정녀를 데리고 가려고 시댁까지 쫓아왔다. 할 수 없이 정녀는 다시 도림으로 들어가 상을 다 치른 후, 입었던 마포옷을 방안에 가지런히 벗어놓고 그 길로 집으로 돌아왔다.

그 후로 친정 식구들은 정녀에게 찾아오지 않았고 정녀도 더 이상 친정을 찾지 않았다. 훗날, 계남은 커가는 총생들이 외가가 없으면 안 된다며 군산에 살고 있던 정녀의 친정 식구들을 찾게 된다. 그로 인해 장인인 치도가 영암 운주골에 묻힌 사실도 알게 된다.

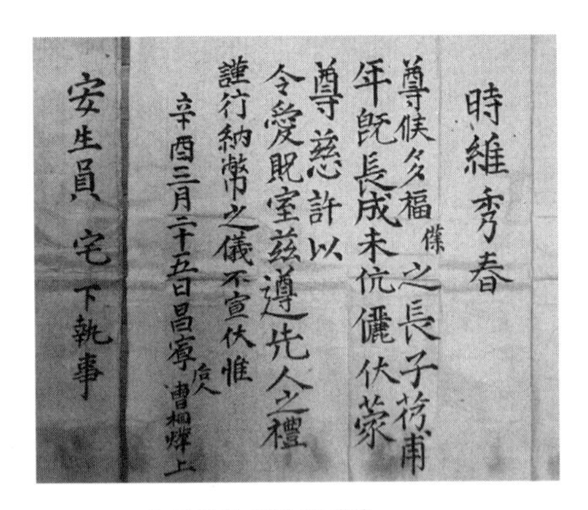
時維秀春
尊候多福 僕之長子衍甫
年既長成未伉儷伏蒙
尊慈許以
令愛貺室兹遵先人之禮
謹行納幣之儀不宣伏惟
辛酉三月二十五日昌寧后人 曺桐燁上
安生員 宅 下執事

▲ 조종엽 친필 혼서지

굿하러 가는 길

1943년 여름 어느 날 계남이 굿을 나가기 위해 아침 일찍부터 서둘렀다. 낮에는 준채네가 불러준 화순읍 내에서 일을 마치고, 저녁에는 도암면 등광리로 들어가 굿을 해야만 했기 때문이었다. 화순에서 굿이 끝나자 날은 금세 어둑어둑해졌다. 저녁을 먹고 가라는 주인댁의 말에 시간을 지체할 수 없다며 계남은 곧장 도암으로 향했다.

바랑을 매고 바쁜 걸음으로 발을 재촉했다. 그런데 그날따라 비가 내리고 있어서 길이 미끄러웠다. 계남은 화순 읍내를 빠져나와 대포리(지금의 죽정리) 앞을 지나가고 있었다. 번개는 얄밉게도 칠흑 같은 깜깜한 밤을 번쩍거리며 환하게 비추었다가를 반복했다. 곧 이어지는 우레와 같은 천둥소리는 세상이 다 꺼질 것만 같았고 어느새 장대비는 짝짝거리며 온 천지를 퍼부어 댔다. 어두워서 앞은 잘 보이지 않아 시야가 흐렸지만, 계남은 비를 맞으며 이리 비틀 저리 비틀거리며 모가 심어진 미끄러운 논두렁길을 지나야만 했다.

"으아악!"

한참을 걷던 중 계남은 미끄러져 수렁에 빠지고 말았다. 그는 안간힘을 다해 빠져나와 이리 엎어지고 저리 엎어지다가 빗속을 간신히 걸으며 도암으로 들어갔다. 드디어 정천마을 입구에 다다르자 닭의 청명

한 울음소리가 들려 왔다. 계남은 배가 고파서 허기가 찾아왔다. 또한 몇일간 잠도 제대로 못 자고 궂일을 해서인지 몸은 기진맥진하여 지칠대로 지쳐 그 자리에서 그만 쓰러지고 말았다. '여기서 죽는구나…….' 일어날 힘조차 없었던 계남은 정신을 잃고 말았다.

퍼부어 대는 장대비가 계남의 뺨을 때렸다. 잠시 후 간신히 정신이 돌아온 틈을 타 필사적으로 지친 몸을 이끌고 마을 입구까지 걸어갔다. 모두 잠들어 있는지 마을에는 불빛 한 곳이 없었다. 마침 대문이 열려있는 집이 계남의 눈앞에 아른거렸다. 간신히 마당으로 들어가 그만 마루에 풀썩 쓰러졌다. 이윽고 방문이 열리더니 방 안에서 한 노인이 나와 다급한 목소리로 자신의 손녀딸 이름을 불렀다.

"옥자야. 옥자야!"

계남은 무의식중에도 '옥자'란 이름을 들을 수 있었다. 그렇게 노인은 어린 손녀딸과 함께 계남을 마루에 눕혔다. 노인은 옥자가 가져온 물을 수저로 계남의 입에다 한 모금 두 모금 떠 넣었다. 이윽고 계남은 정신이 돌아왔다.

"밥 한술만 주시오."

계남의 힘없는 목소리에 손녀딸 옥자는 부엌으로 달려가 간단한 찬거리와 보리밥을 가져왔다. 계남은 몸을 일으켜 물에 생된장을 풀고 밥을 말아 오물오물 두어 번 떠넘겼다.

마침내 정신 차리고 보니 병에 지쳐 보이는 하얀 수염에 백발이 무성한 노인과 여덟 살쯤 되어 보이는 여자아이가 걱정스러운 표정을 지으며 괜찮냐고 물었다. 계남은 몸을 일으켜 고맙다는 인사를 건넸다. 방안을 둘러보니 자신의 살던 집 못지않게 초라해 보였다. 계남은 노인에게 시간을 물었다. 새벽 4시가 넘었다는 노인의 말에 계남은 서둘러 일어났다.

“아니, 그런 몸으로 또 어딜 가려 하시오.”

“기다리는 사람이 있습니다. 정말 고맙습니다.”

계남은 바랑에 있던 여벌 옷을 갈아입고는 품에서 젖어 헤진 소지 종이로 감싼 돈을 꺼내 노인에게 건넸다.

“무슨 돈을 이리 많이 주요”

“몸도 불편하신 것 같은데 약이라도 지어 드시오.”

건넨 돈은 그날 화순에서 굿비로 벌은 전부였다.

계남은 서둘러 집을 나왔다. 비는 서서히 그치고 있었다. 동네를 빠져나가고 있는데 노인의 손녀딸이 손에 무언가를 들고 달려왔다.

“가시다 시장하실 때 드시오.”

아이가 건넨 것은 조그마한 주먹밥이었다. 계남은 고맙다며 아이를 뒤로하고 길을 나섰다. 이윽고 등광리가 가까워지자 비는 뚝 그쳤다.

발걸음을 재촉하여 마을에 들어서자 아득히 징, 장구 소리가 들려왔다. ‘저 집이구나’ 계남이 서둘러 당가집에 들어가니 굿은 거의 끝나가고 마지막 ‘길닦음’을 하고 있었다. 형인 도남이 장구를 치면서 걱정스러운 표정을 지었다. 얘기할 겨를도 없이 계남은 자리를 잡고 앉아 피리를 꺼내 불기 시작했다. 왼손으로 징을 치고 오른손으로 피리를 쥐어 부니, 피리 가락 소리에 서서히 날이 밝아 오고 있었다.

그렇게 몇 해가 흘렀을까, 계남이 일을 하러 가다가 그 마을을 지나게 되었다. 그 노인의 집은 비어 있었다. 나중에 안 사실이지만 노인은 세상을 뜨고 손녀는 멀리 양녀로 보내졌다는 사실을 동네 사람을 통해 들을 수 있었다. 이를 계기로 훗날 계남은 둘째 여닷이 자손이 태어나자, ‘옥자’라는 이름을 지어 불렀다.

정홍과 호랑이

1940년 2월 11일 일제는 창씨개명을 선포했다. 창씨개명을 하라는 지속적인 압력으로 인해 종엽은 능주면 석고리로 거처를 옮겨 살다가 같은 동네로 또 한 번의 거처를 옮겼다. 일제의 압력이 갈수록 심해지자, 종엽은 부인 정홍과 함께 석홍 할아버지가 생전에 기거했던 '한천면 가옥제' 마을로 거처를 옮겼다. 마을은 한적하기 그지없었다. 그들은 작은 집에 살며 작은 밭을 일구기 시작했다.

어느 날 저녁 정홍은 옆 마을로 손 비벼 주러 가야 했다. 그날따라 달은 뜨지 않고 칠흑같이 사방이 어둡고 컴컴했다. 정홍은 여느 때처럼 챙겨놓은 봇짐을 이고 대문을 나섰다. 마을을 빠져나온 후 얼마나 걸었을까. 인적이 드문 좁은 길에 덩치 큰 호랑이가 '어흥~'소리를 내며 길을 막고 서 있었다. 어떤 일에도 당차고 두려움 없었던 정홍은 예기치 못한 상황에 당황하며 그 자리에서 꼼짝을 못 하고 서 있었다. 그런데 호랑이도 그 자리에서 꿈쩍도 하지 않고 서 있는 것이었다.

'이리 가도 죽고, 저리 가도 죽기는 매일반이다. 에라, 죽일 테면 죽여라.' 무서웠지만 애써 용기를 내 천천히 앞으로 걸어갔다. 꿈쩍도 하지 않는 덩치 큰 호랑이의 형체가 그녀의 눈에 확연히 들어왔다. 이윽고 호랑이 코앞에 다다르자 그녀는 호랑이의 두 눈과 정면으로 마주쳤다. 호랑이 눈빛은 불처럼 이글거리고 하얀 수염은 바람에 나풀거리고 있었다. 순간 온몸이 떨리고 머리끝까지 신경이 쭈뼛하게 올라왔다. 애써 두려움을 누른 정홍은 호랑이 앞에 합장하며 말했다.

"왜 산중에서 마을까지 내려오셨습니까."

물끄러미 정홍을 바라보던 호랑이는 슬그머니 그녀에게 길을 열어 주었다. '아이고 하느님……!'

정홍은 숨을 죽인 채 앞만 보고 천천히 걸어갔다. 몇 걸음을 걸은 후 호랑이를 따돌렸다는 안도감이 들었지만, 아뿔싸 호랑이는 어느새 그녀의 바로 앞에 버티고 서 있었다. 호랑이는 그녀를 한번 쳐다보더니 따라오라는 듯 앞서 걸어 나갔다. 정홍은 무엇에 홀린 듯 천천히 그 뒤를 따라 걸었다. 빨리 마을이 나타나기만을 바랄 뿐, 머릿속에는 온통 백지장처럼 아무런 생각이 나지 않았다. 그렇게 걷다 문득 '길이 환하다'는 느낌이 들었던 그녀는 호랑이가 두 눈에 불을 밝히고 있다는 사실을 알아차렸다. 호랑이는 두 눈으로 정홍의 앞을 밝히고 있었던 것이다. 한 걸음, 한 걸음, 걸을 때마다 두려움이 가시기 시작했다.

마침내 멀리 마을의 불빛이 그녀의 눈에 들어왔다. 마을 입구에 서 있는 당산나무를 지나려고 하는데 앞서가던 호랑이는 온데간데없이 사라지고 없었다. 손 비벼 줄 집에 들어간 정홍은 주인의 안내로 안방으로 들어가 물 한 잔을 들이켜며 방금 겪었던 이야기를 풀어 놓았다. 일을 마치고 봇짐을 들어 머리에 이자 집주인은 걱정하며 말했다.

"호랑이가 또 나타나믄 어찐다요. 날이 밝으면 가시오."

"인자 가불었는디 또 나타나겄는가?"

정홍은 괜찮다고 말했지만 내심 걱정이 들었다. 그러나 남편의 몸이 좋지 않아 집에 가야만 했기에 다시 당가집을 나와 집으로 향했다.

칠흑같이 어두운 밤, 마을 입구 당산나무 가까이에 다다르자 무엇인가 앞에 서 있는 것을 알아차렸다. 호랑이가 당산나무 앞에서 자신을 기다리고 있었던 것이다.

정홍은 머리에 이고 있던 봇짐을 풀고 호랑이에게 먹을 것을 꺼내 내밀었다. 호랑이는 음식을 덥석 입에 물고 몇 번 오물오물하더니 게 눈 감추듯 삼켰다. 단숨에 음식을 먹는 호랑이를 보고는 안심한 정홍은 봇짐을 다시 싸 묶고 아랑곳하지 않고 걸었다. 호랑이는 여전히 그녀의 앞을 두 눈으로 훤하게 밝혀주며 앞서가고 있었다.

'도대체 나와 무슨 연유가 있어서 내 앞을 밝혀주는 것인가.'

그녀는 기분이 묘하면서도 의문이 들었다.

집 앞에 다다르자, 호랑이는 쏜살같이 사라졌다. 집에 돌아온 그녀는 종엽에게 죽다 살아 돌아왔다며 자신이 겪었던 얘기를 풀어 놓았다.

다음 날 저녁 '손비빔' 일을 위해 또 다른 마을로 길을 나설 채비를 한 정홍은 '설마 오늘도 호랭이가 나올랑가?' 하는 호기심이 들었다. 무심코 대문 밖을 나서는데 이럴 수가! 또다시 호랑이가 대문 밖에서 지키고 있는 것이 아닌가. 이제는 호랑이가 두렵게 느껴지지 않고 친근하게까지 느껴졌다. 일을 나갈 때면 대문 앞에서 기다렸다가 자신에게 앞을 밝혀주고, 일이 끝나고 나면 어느새 알아차리고 시간에 맞춰 그녀를 기다렸다. 그렇게 그녀의 길을 밝혀주던 호랑이는 한달 보름이 지난 후 더 이상 나타나지 않았다. 그 후 정홍은 길을 나설 때면 항상 호랑이가 나타났던 산 쪽을 향해 인사를 하곤 했다. 나타난 호랑이가 신령으로 비추어진 이유도 있었지만, 정작 호랑이에 대한 고마움의 표시였다.

정홍의 사후체험

1941년 정녀의 나이 18세가 되자, 7월 29일 큰아들이 태어났다. 시아버지인 종엽은 손자의 이름을 붓으로 써 지어 놓고 그해 8월 21일 세상을 떠났다. 그는 임종시 가족들에게 자신을 '유바탕'에 묻어달라는 유언을 남겼다. 유바탕은 종엽의 선친들과 신청에 소속된 소리꾼들이 신청에서 못다 한 소리 공부를 심화 학습하기 위한 장소로 활용된 곳이었다. 아들 계남은 아버지의 유언에 따라 종엽을 이곳에 모셨다.

1941년 어느 가을날 아침, 계남과 정녀가 밖에서 농사일을 하고 들어와 보리밥을 짓고 있는 중이었다. 계남은 '어머니가 이상하다'며 다급히 정녀를 불렀다. 정녀가 방에 들어가 보니 정홍이 죽은 듯 눈을 감고 일어나지 않았다. 놀란 식구들은 급히 의원을 불러 맥을 짚게 했지만 의원은 굳은 표정으로 말했다.

"임종하셨습니다."

"다시 한번…한 번만 더…잘 살펴보시오."

애가 타는 가족들의 간청에 의원은 다시 맥을 짚었다. 고개를 저으며 임종하셨으니 준비하라는 말을 하며 자리에서 일어났다. 갑작스레 일어난 일에 가족들은 슬픔을 감추지 못했다. 그렇게 정홍은 죽음의 길로 들어섰다.

초상을 치르던 날, 가족들은 헌집[14]을 지어 놓고 정홍을 눕힐 지푸라기를 깔았다. 대발을 삼으로 엮고 신체는 두발 삼으로 엮어 올려놓았다, 정홍을 대발 위에 모셔 놓고, 살아생전 덮었던 홑이불 무명베를 뜯어 몸 위에 덮은 후, 옆에다 구나무곽을 놓고 병풍을 둘러쳐 3일 출상을 치르기 시작했다.

초상 이튿날 저녁, 내일 출상 준비를 위해 신체를 곽 안으로 모셔 놓고 씻김굿을 했다. 새벽녘에 굿이 끝나고 모두 지쳐 조용히 쉬고 있는데 한 상여꾼이 병풍 주변을 걷다가 문득 '탁, 탁' 소리가 나 자세히 들여다보니 곽 안에서 나는 소리였다. "악!"하고 놀란 상여꾼 소리에 사람들이 모여들었다. 재빨리 병풍을 들어내 놓고 보니 곽이 들썩이고 있었다. 놀란 사람들이 천천히 곽문을 열자, 정홍이 일어나며 말했다.

"아이고 한숨 잘 잤다."

죽은 사람이 살아 돌아왔다며 사람들은 까무러치고 난리가 났다. 계남과 사람들은 대발을 들어내고 헌집을 밀어냈다. 며느리 정녀는 시어머니 정홍을 안방으로 모셔 눕혔다. 정홍은 계남과 정녀에게 죽은 후 다시 살아 돌아왔다며 저승에 다녀온 이야기를 들려주었다.

"안 믿을랑가 모르겄다마는 저승이 진짜 있드라. 잠을 참 달게 잤다. 아니! 느그들이 몹시 운디 말을 못하겄드라. 우는 소리가 난디, 입이 터져야 말을 하제. 못해. 눈을 감고 꿈을 꾼 것인지. 간께, 길옆에 모다 콩도 익었드라. 어쩐 것인지 꼭 여기 같드라. 또, 수수도 고개를 숙였드라. 기장 쌀도 서숙[15]도 고개 숙여 익었드라. 또 들어 간께, 길가에 코

---

14) 신체를 모시기 위해 초집으로 지은 집.

15) 조의 전라도 방언.

스모스가 너울너울 피었드라."

정홍은 너무 생생하다며 죽어서 저승길 갔던 이야기를 계속했다.

"좀 더 걸어간께 길옆으로 해당화도 보이고, 봉숭아, 채송화도 보이드라. 거리에는 자갈이 깔려 있드라. 인자, 갓신을 신고 그렇게 짜갈짜갈 걸어가는디, 뒤를 돌아 본께 다 없어지드라."

정홍은 그렇게 한참을 걸어가다 보니 마침내 강가에 도착했다고 했다. 강가에는 배 한 척이 놓여 있어 무심코 그 배를 탔고, 사공은 말없이 그녀를 태우고 노를 저었더란다. 얼마 안 가서 땅이 보였고, 배에서 내리니 검은 옷을 입은 두 사내가 깃대를 들고 서서 마중을 나왔다고 했다.

그들을 따라가 보니 대궐 같은 옛집에서 사내들이 대문 열쇠를 열고 앞장섰고 정홍이 뒤따라 들어갔다. 문들은 거리 거리마다 있었고 열쇠통으로 굳게 잠겨있는 문들도 있고 열려있는 문도 있었다. 각각의 문들 옆에는 검은 옷을 입은 사자 같은 모습의 문지기들이 문을 지키고 서 있었다. 문이 열려있는 틈으로 고함소리와 비명소리가 뒤섞여 들려왔고 이는 마치 죄인을 닦달하는 소리와 같았다.

깃대를 든 사내들은 대궐 같은 집 안으로 들어가더니 사라졌다. 거리 거리마다 있는 문 안을 넌지시 들여다보니 좌우로 검은 옷을 입은 문지기들이 지키고 있었다. 그 안을 더 들여다보니 비명소리를 내며 누군가를 불로 고문하고 있는 모습이 보였다. 놀란 정홍은 황급히 나와 옆에 있는 문을 들여다봤다. 누군가를 묶어 놓고 물을 끼얹으며 또 다른 고문을 하고 있었다.

"꼭 죄인을 닦달하듯이 물을 찌클고 불로 꼬실르고… 죄는 저지르는 것이 아니드라."

또 고문하는 소리에 셋째 문을 들여다보니 웬 갓을 쓴, 하얀 수염이 덥수룩한 할아버지 한 분이 나와 정홍에게 호통을 치는 것이었다.

"여기가 어디라고 함부로 오느냐. 여기는 니가 들어 올 데가 못 된디 왜 니가 들어오냐!"

벼락같은 호통 소리에 정홍은 어리둥절한 모습으로 할아버지를 바라보았다.

"얼른 안 나갈라냐? 시간이 없다! 얼른 나가라!"

재차 자신을 쳐내는 할아버지로 인해 놀란 정홍은 정신없이 그 길로 뛰쳐나왔다. 얼마나 지났을까. 뒤돌아보니 사람도 없어지고 길도 없어지고 모든 것들이 다 사라지고 없었다. 다시 앞을 보고 걷고 또 걷다가 정홍의 시야에 강가의 나무다리가 보였다. 그 순간 알 수 없는 누군가의 목소리가 들렸다.

"빨리, 건너가라"

목소리를 들은 정홍은 다리를 건너기 위해 한 발을 내디뎠다. 순간 '우지끈' 나무다리 밑판이 부서져 몸이 쑥 내려앉아 풍덩, 물속에 빠지고 말았다.

"그 순간 내가 정신이 돌아왔제."

정홍의 말을 들은 계남은 눈물을 글썽이며 말했다.

"어머니가 숨을 쉬지 않아서 의원을 불러 확인까지 했소."

"아들아, 우리 같은 사람은 똥구녁으로 숨을 쉬는 것이다. 나는 아무래도… 그 호통친 할아버지가 우리 시아버지 같으다. 그리고…… 느그들 울음소리가 들린디. 말을 할 수가 있어야제. 우지 마라고 말을 해야 쓴디, 말을 할 수가 없드라."

정홍은 그 이후로 평소처럼 활동하며 지냈다. 하지만 사후체험을 한 후유증이었는지 3년째 되던 해, 풍으로 온몸이 마비되어 자리에서 일어나지 못했다. 이로써 며느리인 정녀는 1954년 3월 10일 정홍이 임종할 때까지 11년 동안 대소변을 받아 내며 수발해야만 했다.

이때부터 정녀는 굿을 나가더라도 풍으로 누워계신 시어머니 정홍의 끼니를 챙겨드리기 위해 일이 끝나자마자 곧장 집으로 돌아와야 했다. 그 때문에 정녀가 가지고 있던 사설은 어느 누구보다 풍성했고 구성이 잘 되어 있었지만, 노랫가락이 점차 빨라지게 되어 소리가 구성지다는 평은 받지 못했다.

▲ 정홍의 소장품

베장사 길

1942년 겨울이 가고 봄이 돌아왔다. 효심이 깊었던 계남은 능주 한천 가옥제에 살고 있던 종엽과 정홍을 다시 능주로 모시고 나왔다.

이때 일제는 마을 사람들이 몰려다니는 것을 통제하고 있었다. 굿하는 행위도 예외는 아니었다. 이러한 통제에도 불구하고 찾아오는 사람을 마다하거나 굿을 하루아침에 안 할 수는 없는 노릇이었다.

어느 날 능주에서 굿판이 벌어지고 있는 가운데 누군가가 경찰서에 신고를 했다. 계남과 정녀는 할 수 없이 경찰서에 불려가 벌금을 물고 집에 돌아올 수 있었다. 정홍은 계남 내외의 얘기를 듣고 화가 치밀어 올랐다.

"내가 몸만 성했어도 저넘들을 가만 안 뒀을 텐디, 그래서 어찌하고 왔냐?"

"조용히 잘 끝내고 왔어요, 어머니."

정녀의 대답에 정홍은 계남 내외를 위로했다.

"니들이 어려운 세상에 사는구나……."

일제의 굿 단속이 날이 갈수록 심해지자, 벌이가 없어진 계남과 정녀는 경제적 어려움에 처하게 되었다. 누워 계신 홀어머니, 큰아들 네 식구가 살아갈 일이 갈수록 막막해졌다.

경기도 부평에 잠깐 머물러 있던 기남은 계남에게 인천에 와서 장사를 하면 어떻겠느냐고 조언을 했다. 선택의 여지가 없었던 계남 부부는 열차를 타고 능주에서 인천까지 왕복하며 베[16]장사를 하기 시작했다. 당시에는 베 파는 것을 불법으로 금지시켰기에 몰래 몸에다 두루 감고 숨겨 가며 팔아야 했다.

어느 날 여느 때와 같이 그들은 새벽녘이 되어서야 용산역에 도착했다. 정녀는 인천에 가기 위해 기차를 갈아타야 했는데, 이때 봇짐을 이고 큰아들을 등에 업고 내리다 그만 균형을 잃고 넘어졌다. 순간 정녀의 몸에 숨겼던 하얀 무명베가 흘러나와 바닥에 너저분하게 떨어졌다.

순사나 역무원에게 발각되기라도 하면 큰일 날 일이었다. 다행히 많은 사람들 틈에 넘어져 들키는 것을 피할 수 있었고, 얼른 주섬주섬 몸 안에 때려넣고 빠르게 역을 빠져나와 인천으로 향했다.

그렇게 계남과 정녀는 얼마 동안 왕래를 하다 부천에 쪽방을 얻어 놓고 장사를 시작했다. 그곳에는 도남도 올라와 막노동을 하고 있던 터였다.

갈수록 돈 버는 재미가 쏠쏠했지만, 홀로 두고 온 어머니가 마음에 걸렸다. 인천까지 모셔올 수도 없는 노릇이었기에 이러지도 저러지도 못하고 결국 6개월 만에 다시 고향집으로 내려오고 말았다.

---

16) 무명실로 짠 천.

삼재비방법

1943년 어느 날 정홍은 갑자기 내종이 생겨 병이 들었다. 자식들은 병에 좋다는 온갖 약을 다 써 보았지만 소용이 없었다. 기남과 도남 계남 3형제는 '까치를 잡아서 옻칠을 넣어 칠계를 내어 먹으면 낫는다'는 말을 듣고 엽총을 매고 호랑이가 득실대는 돗재 산중으로 까치를 잡으러 들어갔다. 산속을 얼마나 헤매고 다녔을까. 예기치 못하게 하늘에 먹구름이 덮이더니 금세 비가 내리기 시작했다. 삼형제는 비를 피하고자 어느 산중 움막을 발견하고 곧장 달려가 움막 밖에서 비가 그치기만을 기다렸다.

그런데 움막 안에서 인기척이 들렸다.

"들어와 비를 피하고 가시오."

노인의 목소리가 들려 왔다. 슬며시 들어가 보니, 수염이 긴 노인이 앉아 책을 보고 있었다. 신이 들린 노인은 밥 대신 쌀 같은 생식만을 먹고 물도 끓여 먹지 않고 찬물을 먹는 등 산중 수행 중인 도인이었다.

도인은 삼형제가 왜 깊은 산속을 찾아 들었는지 자초지종을 알게 되었다. 도인은 형제들의 효심이 깊다며 자신이 신에게 내려받은 삼재비방법이 있다며 가르쳐 줄 테니 받을 것이냐고 의향을 물었다.

기남 형제는 도인에게 가르쳐 달라고 부탁했다. 도인은 삼형제에게 부적을 건네주며 많은 사람들을 위해 써 달라고 했다. 그러면서 '서산 대사에 성진대사에 보덕국사에 사명당에서 일러 주신 칠성부적과, 홍문전 높은 잔치에 승가를 베풀던 홍장군 본에서 나온 매'라며 일러주었다.

부적을 받아 든 삼형제는 비가 그치자 산중을 빠져나와 집으로 돌아왔다. 삼형제는 생닭을 잡아다가 밖에 바치고 물 세 그릇, 밥 세 그릇을 올려놓은 후 부적을 붙이고 절을 올렸다. 그 이후로 삼형제는 붓을 들고 삼재 드는 집안에 삼재부적을 열심히 그려 주었다.

삼재부적을 붙이는 방법은 묘 없는 명산에 올라가 엄두릅나무를 끊어 가로로 엮어 문지방 밖에다 달고, 햇멥쌀 세 봉다리 얻어다가 칠성받이 집에 가서 달았다. 고추 셋 달아 놓고, 드는 삼재는 안에다 나가는 삼재는 바깥에다 붙였다. 그러다가 나가는 삼재 때인 섣달 그믐날 논두렁 물이 떨어지는 곳에 가서 물고독[17]을 주워다 부적을 태우고 절 석 자리를 하고 나면 삼재비방이 끝이 난다. 삼형제는 이 과정을 거치며 도인이 가르쳐 준 방법 그대로 이행했다.

17) 떨어지는 물을 받아 내는 돌.

비손[18]

1944년 계남의 큰아들 입에 감창[19]먹은 일이 발생해 잇몸이 상해 곧 죽게 생겼다. 도남의 첫째 부인은 조카를 살리기 위해 냇가로 가서 미나리와 거머리를 섞어 찧고 그것을 조카의 잇몸에 문질러 주었다. 얼마 지나지 않아 이번에는 코가 주저앉아 버렸다. 정홍은 큰아들의 얼굴을 어찌 이 지경으로 만들어 놓을 수 있냐며 야단이었다. 다행히 얼마 안 있다가 아들의 코는 원래대로 살아났다.

그해 초겨울 풍으로 누워만 있던 정홍은 며느리인 정녀를 불러 앉혀 놓고 한탄했다.

"내 말을 누구한테 다 전장 할끄나."

정홍은 자신의 처지를 자탄하며 정녀에게 일을 권유하기 시작했다.

"당장 안 써먹어도 좋으니, 손 비비는 말만이라도 배워 놔라."

어느 날 정녀는 집안에 먹을 것이 떨어지고 형편이 점점 어려워지자, 시어머니에게 사정 얘기를 했다. 그러자 시어머니 정홍은 내동마을에서 사람이 왔다 갔다면서 말했다.

"어린 너에게 이런 말을 꺼내기가 조심스럽구나. 집안에 동토가 났

18) 두 손을 비비면서 치성을 드림. 전라도에서는 '손비비러 간다'고 표현한다.

19) 부스럼이 생기고 허는 병.

는 갑드라."

정홍은 그 집의 아이가 아프다며 내동마을에 가서 잠깐 손 빌어 주고 오라는 것이었다. 정녀는 망설이다 대답했다.

"제가 뭘 할 줄 안다고 간다요."

"가서 앉아 있다만 와도 좋아야."

다녀오라는 정홍의 말에 정녀는 할 수 없이 시어머니가 사용하던 징과 비는 말이 적힌 사설집과 경문집을 보자기에 싸 들고 내동마을로 향했다. 내동마을은 능주면 소재지 뒷마을로 10리 길이었다.

정녀는 계남을 따라가 본 적이 있었기에 마을을 찾아가기란 어렵지 않았다. 능주 구진[구름]다리 실개천을 따라 올라가자 능주를 벗어나는 곳의 왼쪽에 큰 서낭 두 그루가 서 있었다. 바로 옆으로 두 장성이 눈을 부라리며 정녀를 내려 보고 있었다. 무서움에 잠시 움츠렸던 정녀는 서낭나무를 향해 빌었다.

'일 보러 가는 집에 가서 망신당하지 않게만 도와주십시오…….'

빌고 돌아서니 오른편에 능주향교 모습이 나타났다. 원앙재의 굽은 길을 돌아 산중 마을로 들어가니 인적이 드물어서인지 온갖 새소리만 들릴 뿐 아주 고요했다. 멀찌감치 마을이 눈에 들어왔다.

마을이 점점 가까워지자 정녀는 일을 어떻게 해야 할지에 대한 걱정으로 다시 마음이 불안해졌다. 마을은 몇 가구밖에 없는 조용하고 아늑한 곳이었다. 어느새 해는 서쪽 산마루에 걸쳐 있고 집집마다 굴뚝에서 밥 짓는 연기가 피어오르고 있었다.

마을에 들어서니 컹컹 개들이 짖기 시작했다. 집 사이로 사람들 소리가 들려 왔다.

'아. 이 집이구나.'

대문 앞에 도착한 정녀는 다시 불안해졌다. 한 번도 경험해 보지 못한 일을 하러 왔으니 당연했다. '잘할 수 있을까'라는 걱정을 한 후 집 마당으로 들어서니, 마당과 마루, 방에 각각 상을 차려놓고 촛불을 밝히고 있었다. 집주인인 듯 싶은 사람이 나오더니 정녀를 반갑게 맞아 안방으로 안내했다. 안방과 조왕에도 각각 상이 차려져 있었다.

"저녁은 먹었소?"

주인댁의 따뜻한 말도 정녀의 귀에 들어오지 않았다. 어둑어둑 땅거미가 지는 밤, 정녀는 불안한 마음을 애써 짓누르고 가져온 보자기를 풀었다.

"앉아 있다만 와도 좋아야."

하는 시어머니의 말씀이 떠 올랐다. 애써 용기를 내어 차려진 상 앞에 앉아 채를 잡고 징을 치기 시작했다. 사설집과 경문집을 보자, 국문을 안다고 자신했던 그녀였지만 긴장한 탓에 글이 눈에 잘 들어오지 않았다. 머리와 등짝에 진땀이 나기 시작했다.

'시어머니가 일러주신 몇 마디만 하고 가자……!'

그렇게 정녀는 스스로에게 최면을 걸며 징을 쳤다. 시작한 지 얼마 되지 않아 주인댁이 다가오더니 정녀의 등을 손바닥으로 '토닥토닥' 두드리고 지나가는 것이 아닌가. 놀란 정녀는 '그만하라는가 보다'라고 생각하며 바로 징을 내려놨다. 사물[20]을 하려고 상에 있는 음식을 거둬 대문 밖으로 나와 내려놓았다. 그리고 그대로 짐보따리를 들고 도망치듯 집을 빠져나왔다.

어두운 길을 가르며 집에 돌아온 정녀는 아무 말 없이 방 안으로 들어가 이불을 뒤집어쓰고 숨어 들어갔다. 그러더니 감기몸살을 앓듯 한

20) 객구들을 풀어먹이는 음식.

숙[21]을 하는 것이었다. 그렇게 잔뜩 한숙을 하고 있던 정녀에게 정홍은 위로를 했다.

"다녀오느라 고생했다. 처음은 다 어려운 것이다."

잠시 후, 대문 밖에서 "떼갈네!"하는 목소리가 들려 왔다. 정녀가 방문을 열고 보니 아까 본 내동마을 주인댁 아주머니가 떡과 쌀을 싼 보따리를 머리에 이고 들어 왔다.

"어쩐 일이오?"

정홍이 물었다.

"며느리가 의외로 잘해서 등을 토닥거렸더니 보따리만 싸 들고 불러도 나가 버리더라고요."

정녀는 '뭣도 모른디 그만하라고 등을 두드리는 줄 알고 놀라서 그 길로 나왔다'고 했다. 그 아주머니는 그 길로 돌아갔고 밖에서 일을 보고 집으로 돌아온 계남이 마침 대문 안으로 들어서고 있었다.

안방에서는 정홍이 울먹이는 며느리 정녀를 다독이며 위로하고 있었다. 방에서 들려오는 울음소리에 계남은 마당에서 한참을 서성였다. 그리고 아래채 마루에 앉아 담배를 꺼내 물었다. 그 이후로도 정녀는 누군가 집에 찾아올 때면 비손 일이 생긴 줄 알고 놀라서 가슴이 뛰고 불안해졌다.

정녀에게 두 번째 손 비비는 일이 생겼다. 오리정이라는 마을에서 아기가 들어서서 순산을 못 해 일을 다녀와야 했다. 당시 집안 형편은 시어머니가 드러누워 계셨기 때문에 먹고살 길이 없는 어려운 상황이었다. 다급했던 정녀는 할 수 없이 비손할 집을 찾아갔다. 옆에 물을 떠 놓고는 빌고 또 빌었다.

21) 감기 몸살기, 전라도 방언.

"순산하게 해 주쇼. 순산하게 해 주쇼……."

시간이 흐른 후 아들아이가 태어났고 다행히 산모도 건강했다.

세 번째 비손은 '이사손'이었다. 빌어 줄 집을 찾아 들어가니 많은 사람들이 모여 있었다. 정녀는 부끄러워 안방에서는 못하고 밖으로 나와 비손하였다.

계남은 밤늦게 돌아오는 부인이 걱정돼 마중을 나갔다. 어두운 밤길, 앞쪽에서 희미하게 발소리가 들려오자 계남은 조심스럽게 부인을 불렀다.

"자넨가?"

"예, 나요. 내일 일 나갈라믄 눈 좀 붙이시지 왜 나왔소."

이렇게 비손 다니던 정녀는 어느 날 자시, 보따리를 이고 집에 돌아오는 길에 샘터를 지나게 되었다.

샘터를 지나 몇 발자국을 걸었다. 갑자기 뒤쪽에 있던 샘터에서 "씨큰 씨큰" 누군가 빨래하는 소리가 들려왔다. 분명히 지날 올 때 아무도 없었는데 이상하다고 생각한 정녀는 다시 발길을 돌려 빨래터로 갔다. 빨래터에는 아무도 없었다. 순간, 정녀는 등골이 오싹함을 느끼며 다시 천천히 걸어 샘터를 벗어나고 있었다.

샘터 쪽에서 "씨큰 씨큰" 또다시 빨래하는 소리가 들려왔다. 정녀는 자신의 무서움증을 없애기 위해 꼭 확인하고 싶었다. 다시 우물터로 간 정녀는 아무도 없는 것을 확인하고 빠른 걸음으로 집으로 돌아왔다. 그 후 정녀는 한동안 그 샘터길로 다니질 못했다.

연등 속의 여인

1945년 어느 날 계남의 둘째 딸이 태어났다. 계남은 가끔 도암면 등광리로 일하러 가다가 노인과 손녀딸의 도움으로 살아났던 일을 기억하곤 했다. 그래서 그 손녀딸 이름과 같은 '옥자'라는 이름을 자신의 딸에게 지어 불렀다. 옥자는 심성이 곱고 착한 아이였다.

해방이 되자, 능주에 살고 있던 일본인들은 논밭과 집을 다 버리고 도망가기에 바빴다.

마을에는 만원이, 천원이, 도마께라는 일본인 3명이 부유하게 살고 있었다. 이들은 해방과 동시에 자신들이 핍박했던 마을 사람들로부터 죽음을 면치 못했고, 그 중 만원이는 일본으로 배를 타고 가다가 죽었다는 소문이 돌았다. 삼거리 종태 밑에는 여기저기 시체의 목이 걸려 있었고 사람들은 집집마다 친일파 앞잡이를 색출해 보복을 가했다.

일제가 완전히 물러가자, 능주 지역에는 일제의 강제 조치로 금지되었던 여러 가지 문화행사가 재개되었다. 특히 섣달 그믐날 밤, 동네 사람들은 너도, 나도 횃불을 들고 무산 12봉[22]을 밟았다.

말똥바위 위를 올라타고 등반을 시작하여 천덕리 앞산으로 넘어오던 풍습은 송구영신의 뜻이 담겨 있는 동시에 나라의 독립에 대한 기

22) 연주산 12봉우리

뿜도 내재되어 있었다. 이 횃불놀이는 1970년대 초까지 지속되다가 이후 점차 사라져 갔다.

1946년 정월 대보름이 돌아왔다. 어린아이 할 것 없이 마을 사람들은 모두 밖으로 나가 횃불을 들었다. 사람들은 능주 읍내에 모여 큰 냇가 다리까지 삼삼오오 짝을 지어 행진했다. 다리 중간에 다다르자 사람들이 깡통에 불을 붙여 돌리기 시작했다. 남녀노소 할 것 없이 불깡통을 돌리는 쥐불놀이가 시작된 것이다. 마을의 온갖 액운과 액살을 걷어줄 것을 빌며 아이들은 폭죽을 터뜨리고, 불을 지피며 깡통을 들고 돌리다 멀리 내 던졌다. 마을 사람들은 온갖 잡귀 잡신들을 물리치고 마을에 좋은 일만 있기를 기원했다.

1946년 음력 4월 계남과 정녀는 밤낮으로 씻김굿을 하러 다녔다. 어느 날은 영천사 절로 일을 하러 가야 했다. 이른 아침부터 출발하여 영천사에 들어서니, 스님과 당가집 사람들이 반갑게 맞아 주었다. 굿은 끝이 나고 금세 날이 어두워졌다. 계남의 부부는 집에 갈 채비를 서두르고 절 밖으로 나서던 중 계남의 한쪽 다리가 접질려지고 말았다. 오래전에 접질려진 발목이어서 매번 조심했는데도 순간 방심했던 모양이다. 계남은 걸을 수 없을 정도로 고통스러웠다. 다시 절 안으로 들어가자 주지는 계남의 다리 상태를 살펴보고는 하룻밤을 묵을 것을 청하면서 하는 말이

"이왕 이렇게 된 것, 내일 오전에 잠깐 독경 좀 해 주고 가시면 어떻겠습니까."

계남은 그렇게 하겠다고 대답하고 부인에게 사람을 한 명 붙여 먼저 집으로 돌려보냈다. 혼자 남은 계남은 방에서 책을 보다 인기척에 고

개를 들었다. 밖에는 아까 봤던 당가집의 젊은 여인이 조그만 보따리를 들고 서 있는 것이었다. 계남은 고개를 숙여 인사하고는 여인을 향해 물었다.

"아직 안 가셨습니까."

"예, 집에 다녀 왔습니다."

여인은 절 밖의 가까운 마을에 사는 모양이었다. 그녀는 계남을 바라보다가 말을 이었다.

"하도 열심히 피리를 부신 것을 보고 힘내시라고 요기할 것을 싸 왔습니다."

계남은 생각지 못한 여인의 행동에 당황했다.

"마음만이라도 고맙습니다. 내 먹은 거로 할 테니 날이 더 어두워지기 전에 어서 내려가십시오."

"성의를 생각해서 받아 주세요."

계남은 마지못해 잘 먹겠다며 음식을 받아들었다.

"빈 그릇은 그대로 놔두십시오."

여인은 한 마디를 남긴 채 홀연히 돌아섰다. 음식을 받아들고 보니 너무 양이 많아 혼자 먹을 수 없었다. 마침 지나가는 동자승이 보였다.

"이보시오. 스님."

계남은 동자승을 불러 세우고 음식을 나눠주었다. 얼마 안 있어 책을 보고 있던 계남 앞으로 동자승은 빈 그릇을 씻어 왔다며 작은 손으로 그릇을 내밀었다. 계남은 받아 든 그릇을 가지런히 놓고 따분한 마음을 달래기 위해 절 안을 구경하기 시작했다.

사월 초파일이 다가와서인지 절 안의 탑 주변에는 연등으로 붉게 물들어 있었다. 탑 근처에 다다랐을 때 연등 사이로 그 여인의 모습이 비쳐졌다. 연등 속의 여인은 계남의 마음을 흔들어놓기에 충분했다. 연등을 구경하고 있던 여인은 계남이 돌아서려고 하자 그를 발견하고 다가와 물었다.

"잘 드셨소."

"예. 잘 먹었습니다. 해가 저물었는데 왜 집에 아직…."

"절 구경을 하고 싶어서요."

계남은 뒤돌아 숙소로 걸어갔다. 그런데 여인이 그의 뒤를 따라오는 것이 아닌가. 당황한 계남은 일부러 큰기침 소리를 내며 걸었다. 그래도 여인은 계속 뒤를 따라왔다.

"날 따라 오는 연유가 무엇이오."

뒤돌아서서 계남이 물었지만, 여인은 말이 없었다.

"젊은 여인네가 밤이 되도록 이유 없이 절에 있지는 않을 터인데 다른 마음을 먹었다면 서로 불경한 일입니다."

계남은 다른 생각은 하지 말고 집으로 돌아갈 것을 단호히 일렀다. 그는 평소에도 몸과 마음을 단정히 했으며, 하대받고 천대받는 무속인일지라도 보다 정갈한 몸가짐을 가져야 한다는 소신을 가지고 있었다.

다음 날 아침 나이 지긋한 어르신 한 분이 절 안의 계남을 찾았다. 어르신은 계남에게 어제의 그 여인이 자신의 딸이었다고 말했다. 철없는 딸에게 훈계해줘서 고맙다며 계남이 내려가기 전에 인사를 하기 위해 들른 것이라고 했다.

빗발치는 총알

1946년 계남의 큰아들이 6세가 될 무렵, 집에서 가까운 거리에 사탕가게가 생겼다. 계남의 아들은 누워 계시던 할머니의 이불 속으로 슬금슬금 기어들어 갔다. 할머니의 호주머니에서 돈을 훔치기 위해서였다.

정홍은 이미 알아차렸지만, 일부러 미동도 하지 않았다. 할머니 호주머니에서 5원을 꺼낸 손자는 쏜살같이 달아났다. 정홍은 도망치는 손주 뒤에 대고 소리쳤다.

"저 도둑놈 잡아라!"

이내 줄행랑치는 손주 뒷모습에 즐거운 듯 껄껄 웃었다.

이렇게 정겨운 시간을 보내고 있을 때 1950년 6.25가 발발했다. 마을 사람들은 피난길에 오르기 시작했다. 그러나 어머니가 누워 계신 마당에 계남은 어느 곳으로도 피난 갈 수 없는 형편이었다.

9월 25일 추석 전날, 능주에는 인민군들이 들이닥쳐 점령하고 있었다. 인민군들은 아무 곳에다 총질을 했고 살아 움직이는 것은 닥치는 대로 모조리 쏴 죽였다. 계남의 작은 오두막집에도 총알이 빗발쳤다. 계남은 집에 있던 장농으로 방문 안쪽을 에워싸고 그것도 모자라 방패삼아 이불로 장농을 둘러쳤다. 빗발치는 총탄에 장롱과 방문짝, 부엌문 모두 총구멍이 나서 휴짓조각처럼 너덜너덜해졌다. 장독대가 부서지고 깨지는 소리가 요란했다.

식구들은 방 구석에서 서로 부둥켜안고 빗발치는 총알이 비켜 가기만을 기다렸다. 얼마나 지났을까. 총소리는 멈추고 밖에서 왁자지껄 비명소리와 울부짖는 사람들의 소리가 들려 왔다. 조마조마하며 숨을 죽이고 있는데 인민군 복장을 한 네 명의 사내들이 마당으로 들어오더니 곧장 부엌문을 열고 들어가 부엌을 뒤졌다. 인민군들은 배가 고픈 모양이었다. 허겁지겁 배를 채운 그들은 나오더니 계남에게 다짜고짜 OOO을 아느냐고 물었다.

동네에서 잘 아는 사람 이름이었다. 영문도 모르던 계남은 무심코 안다고 대답했다. 다짜고짜 인민군들은 계남을 포승줄로 손목을 묶어 집 밖으로 끌고 나갔다. 인민군들이 그를 끌고 나간 후 몇 분 뒤 밖에서 요란한 따발총 소리가 울렸다. 놀란 정녀는 혹시나 남편이 잘못되지나 않았을까 불안하여 대문 밖을 내다봤다. 계남은 초등학교 후문 계단을 따라 인민군들에게 끌려 올라가고 있었다. 인민군들은 그를 끌고 학교로 올라가는 길에 닭이고 뭐고 움직이는 것들은 모조리 쏴 댔다.

"따 다 다 다-"

또다시 요란한 기관총 소리가 들려 왔다. 계남은 두려운 생각이 들었다.

'이제는 꼼짝없이 죽었구나…….'

운동장 쪽에서 총성은 더 크게 들려 왔다.

운동장에 당도하니, 그곳에는 포승줄에 온몸이 묶인 사람, 두 손을 뒤로 묶인 채 줄을 서 있는 사람 등 여기저기 잡혀 온 동네 사람들이 많았다. 한쪽 가장자리에서는 포승줄에 묶인 사람들이 무릎이 꿇린 채 뒤에서 총질하는 인민들에게 죽임을 당해 그대로 구덩이로 떨어져 뒹굴었다. 구덩이 안에는 여러 구의 시체들이 흩어져 있었다. 도저히 눈뜨고 볼 수가 없는 참상이었다.

포승줄에 묶인 계남은 그렇게 줄을 서 있는 사람들 쪽으로 끌려갔다. 그때 완장을 찬 한 인민군이 계남을 멈춰 세우더니, 자기들끼리 대화를 주고받았다. 그리고는 갑자기 "000를 어떻게 아느냐?"며 계남의 머리에 총구멍을 들이댔다. 순간 저쪽에서 한 사람이 다급히 달려왔다. 정신 차려 바라보니 같은 마을에 사는 '강은태'였다.

"은태, 여기 웬일인가……."

계남은 평상복 차림을 한 은태를 걱정했지만, 은태는 인민군들에게 도리어 "왜 이 죄 없는 사람을 잡아 왔냐."며 당장 풀어 줄 것을 요구하고 완장을 찬 인민군에게 다가가 역정을 냈다. 은태와 인민군들은 서로 대화를 이어나가기 시작했다. 계남은 자세한 대화 내용은 들을 수 없었지만, '은태 덕분에 살 수 있을려나?' 바로 앞에서 사람이 죽어 나가는 판국에 실낱같은 희망도 사치였다. 결국, 인민군들은 계남을 집 밖으로 나가지 말 것을 당부하고 그를 풀어 주었다.

또다시 능주에는 경찰들이 들이닥쳐 반란군[23]들과 총질을 하며 싸우기 시작했다. 경찰들이 점령할 때면 반란군들은 산으로 올라가 숨어 있다가 저녁이 되면 내려와 보초를 서고 있는 경찰들과 밤마실 다니는 사람들을 모조리 죽였다. 아침이면 '누구네가 죽었네' 하고 소식이 들려 왔고 다시 낮이 되면 경찰들은 반란군들을 색출하여 마구 죽였다. 경찰들은 반란군들의 팔, 다리, 머리를 잘라내고 등신만 남게 하여 시

23) 인민군들 무리 속에 반란군들도 섞여 있었기 때문에 반란군으로도 표기함.

체를 덕석[24]으로 덮어 놓고 더풀더풀한 머리만을 떼어다 동네 사람들에게 경각심을 주기 위해 종태 밑 삼거리에 여기저기 매달아 놓았다.

정녀는 시어머니를 위해 샘물을 길어와야 했는데 밖에 나가다가도 총을 쏴 대는 소리에 놀라 집에 들어오곤 했다.

몸을 피할 수밖에 없었던 계남은 어머니를 발대로 지고 식솔들과 함께 집에서 조금 떨어진 아랫마을 구진다리(구름다리) 옆 객사리(지금의 석고리)에 판소리 명창 김채만이 살았던 집으로 잠시 피신했다.

날마다 죽어 나가는 사람들을 보다 못한 계남은 가족들과 피난을 가야겠다고 마음을 먹었다. 하지만 정녀는 어머니도 몸을 움직일 수 없어 모셔야 할 처지이고 자신도 임신한 몸이라며 큰아들만을 데리고 피신할 것을 당부했다. 이때 정녀는 둘째 아들 웅이를 임신한 상태였다. 계남은 할 수 없이 임신한 부인과 누워 계신 어머니를 남겨 놓은 채 큰아들만을 데리고 형이 살고 있는 도암면 등광리 도남의 집으로 피신했다.

도암에 들어서자 등광리 마을은 아직까지 평온한 상태였다. 마을 바로 앞으로 천태산이 높게 솟아 있었다. 피신한 곳에는 방앗간처럼 보인 자리였는데 그곳에는 큰 당산나무가 자리하고 있었다. 계남은 노루를 잡아다 기르면서 도남의 식구들과 함께 생활을 시작했다.

얼마 지나지 않아 계남은 '호주에서 원정 온 폭격기로 능주 역전의 기차들이 폭격을 맞아 사람들이 죽어 나뒹굴어 졌다'는 참혹한 소식을 접했다. 집에 두고 온 식솔들이 걱정되었던 계남은 아들을 데리고 다시 능주로 들어갔다. 춘양쯤 가다가 또다시 인민군들을 만난 계남은 위기를 모면하고 다시 능주로 향할 수 있었다. 능주에 도착한 계남은

24) 마당에 까는 큰 멍석.

역의 참혹한 폭격 현장을 목격하고 집으로 들어갔다. 다행히 어머니와 부인은 무사했다. 이때 능주는 경찰들이 점령하고 있었으며 인민군들은 물러나고 없었다.

11월이 되자 둘째 아들이 태어났고 얼마 후, 반란군들은 도암면 권동 일대를 점령했다. 정홍은 등광리에 있는 아들 도남이 걱정되었다. 계남이 형에게 다녀오겠다고 하자 정녀가 나서서 '자신이 가겠다'며 자청했다. 당시에는 아무리 잔혹한 인민군들이라도 아이를 업은 여인들은 해하지 않는다는 풍문이 돌았다. 정녀는 마침 둘째 아이를 낳은 터라 아이를 업고 가면 별일 없을 것이라고 여겼다.

정녀가 아이를 업고 등광리로 들어갈 때쯤 반란군들은 권동 일대를 6개월간 점령하고 있었다. 정녀가 도남의 집에 들어서니 인민군과 반란군들이 집에 꽉 들어차 있었다. 인민복장을 한 군인은 정녀를 보자마자 죽이려고 총구멍을 머리에 들이댔다. 놀란 도남은 인민군 앞을 가로막고 목소리를 높였다.

"우리 제수씨는 안 돼요! 풍으로 누워 계시는 시어머니를 모시는 분이란 말이요."

도남은 이렇게 위기를 모면했다.

또한 그는 반란군들이 오면 오는 대로 경찰과 민간인들을 살려내고, 국군이나 경찰들이 마을을 점령하면 또 반란군들을 살려내기에 바빴다.

도남은 건장하고 잘 생기고 언변술이 좋았다. 똑똑하고 지혜로워서 죽을 사람도 여럿 살려냈다. 인민군 위원장과 같은 높은 지위에 있는 사람에게도 약한 사람을 위해 변호를 서슴지 않고, 경찰, 군인들 집은 집대로 달래고, 반란군 집은 집대로 달래주었다.

동네 사람들은 감사의 표시로 도남에게 비를 세워 준다고 했지만 도남은 도리어 세우지 말라며 술 한 잔이면 된다고 거절했다.

[박정녀의 육성 증언]

"죽을 사람 많이 살려놨어.
조도남씨가 죽을 사람 많이 살려줬다고,
절대 안 받고, 욕심이 없었어.
동네에서 도남이 비를 세워 준다고 해도
필요 없다고 술 한 잔만 받아먹고,
'나, 술 한 잔이면 닥상이다'고 변호해 줬어."

▲ 조도남이 사용했던 장구

죽을고비

1951년 3월 계남은 인민군들이 경찰과 특공대들에게 쫓겨 권동 일대 화학산으로 몰려들어 포위당했다는 소식을 접했다. 도망을 못 가고 뒤처진 인민군과 반란군들은 물고기 떼 몰리듯 도암 화학산 기슭에 모여들었다.

인민군들은 경찰과 특공대들에게 에워싸여 대치하면서 항전을 계속했다. 그러면서 배가 고팠는지 밤이면 마을로 내려와 닭이나 소를 훔쳐 달아나는 일까지 벌어졌다. 이때 죽은 이가 많이 생겨났고 도남과 계남 부부는 씻김굿 일로 자주 불려 다녔다.

그럴 때면 계남은 항상 걸어 다녔다. 이 와중에 계남이 또 한 번의 죽을 고비를 넘기는 일이 일어났다. 당시 인민군들은 마을을 장악하고 있다가 국군들이 다시 들어오자 산속으로 흩어져 은둔생활을 하고 있었다.

하루는 화순군 도암면 등광리에 사는 도남의 집에 일하러[25] 가는 길이었다. 당시에는 거리에서 발각되면 반란군에게도 죽고 국군에게도 죽고 하는 상황이라 산길로 이동을 해야만 했다. 그렇게 화학산을 넘어가고 있는데 갑자기 숲속에서 우르르 인민군 복장을 한 사람과 일반

---

25) 굿을 하러 간다는 표현.

복장을 한 사람들이 총을 들고나오는 것이었다. 이들은 서울이 수복되고 미처 북으로 떠나지 못한 채 산중에 몸을 숨기고 있던 반란군들이었다.

인민군 복장을 한 사람이 계남을 불러 세워 총을 겨누고는 말했다.

"보따리에 든 게 무엇이냐?"

이들은 계남의 바랑을 뺏어 열어 보았다. 옷가지와 꽹과리, 북채, 그리고 주먹밥 두 덩어리가 나왔다. 산중에 있으면서 배가 몹시 고팠던 모양인지, 이들은 허겁지겁 주먹밥을 한 입씩 나눠 먹었다. 그들은 다시 계남의 옷을 뒤지기 시작했다. 품에서 작은 손수건으로 감싼 조그마한 물건이 툭, 떨어졌다. 수상하다며 죽이자는 말이 서로 오고 가던 중, 우두머리 같아 보이는 사람이 다가오더니 계남에게 물었다.

"무엇 하는 사람이냐?"

계남은 일하러 가는 중이라고 자신의 자초지종을 얘기했다. 그들은 계남의 보자기에 싸인 피리를 펼쳐 보더니 다시 그를 향해 물었다.

"이것이 무엇이냐?"

계남은 피리라고 답했다.

"불어 봐라."

우두머리가 피리를 건네며 잘 못 불면 거짓으로 간주하고 죽일 것이라고 협박했다. 망설이던 계남은 피리 서를 입에 몇 번 물어 축이고는 불기 시작했다. 구슬픈 시나위 가락이 인민군들의 마음을 파고들었다.

피리 소리가 끝이 나자, 또다시 죽이네, 살리네, 그들의 의견이 분분해졌다. 반란군 우두머리는 약속은 약속이라며 계남을 돌려보내라고 명령했다. 하지만 그중 한 반란군은 자신들이 발각될 것이 염려된다며 한적한 곳으로 끌고 가기 위해 계남의 두 손을 뒤로 묶고 있었다. 그때,

누군가 앞으로 나서며 계남에게 물었다.

"조 선생님 아니시오?"

고개를 들어 보니 능주에 사는 백샌 아들이었다. 그는 깜짝 놀라며 물었다.

"이 난리 통에 뭐하러 돌아다니시오?"

계남은 자초지종을 얘기하며 되레 백샌 아들에게 되물었다.

"여기서 뭐 한가?"

"산에 들어와 은신하고 있어요."

백샌 아들은 계남에게 걱정스러운 표정으로 일러 주었다.

"가시다가 우리 같은 사람을 만날 수가 있으니 그때 000 이름을 대십시오."

그렇게 계남은 산을 무사히 빠져나왔다. 화순군 내에서 그를 모르는 이 없다지만 이 깊은 산중에서 다행히 아는 사람을 만나 죽을 고비를 넘겼다는 생각에 계남은 천천히 가슴을 쓸어내리며 산을 넘어왔다.

'선영님이 도왔구나…….'

얼마 후 9월 15일 서울이 수복되었다는 소식이 들려 왔다.

▲ 조계남의 피리 서

월북 시도와 인공후유증

1951년 늦가을 계남은 타지로 일을 하러 갔다가 저녁 늦게 집으로 돌아왔다. 남편이 돌아오자 정녀는 계남에게 말했다.

"도화 조카가 집을 몇 번 왔다 갔는지 모르겄소."

집에 돌아온 계남은 내일 일을 준비하고 있었다. 늦은 저녁 도화가 다시 계남을 찾아왔다. 그는 진지한 얼굴로 계남을 향해 말했다.

"삼춘! 나, 월북하기로 했네,"

"뭣이어? 어째서?"

"……."

"또 누구누구 가기로 했는가?"

"조상선, 공기남, 박동실… 정남희, 임소향이랑 그리 그리 결심했어."

가족들을 두고 며칠 후 떠날 것이라는 도화의 말에 계남은 황당하기만 했다. 그는 다시 오지 못할 수도 있다며 밤늦게까지 그를 말렸지만, 이미 결심이 선 조카의 마음을 돌이킬 수는 없었다.

도화는 월북할 일행들과 만나기로 한 남평역을 향해 걷기 시작했고, 계남은 이른 아침부터 도화의 집으로 향했다. 들어서자마자 부인인 공경례에게 물었다.

"질부, 조카는 어디 갔는가?"

"아침 일찍 나갔어요."

공경례는 부엌에서 나오며 대답했다. 계남은 다시 물었다.

"조카한테 무슨 말 없던가?"

"아니오. 근데 당숙, 왜요?"

"…아니네."

계남은 그 길로 남평으로 향했다. 남평 드들강 근처를 지나가는데 저 멀리 도화가 걸어오는 것이 보였다. 도화는 가족들 생각에 고민하다가 남평역에 들어섰고 그때 기차는 이미 떠나고 없었다고 했다. 계남은 잘 생각했다며 조카와 함께 집으로 돌아왔다.

1951년 도남은 등광리에서 중장터로 이사하여 부인과 아이들을 데리고 자신의 삶을 이어나갔다. 당시 처인 경주최씨 부인은 아이를 임신하고 있었는데 날 달이 되자 병이 들었다. 경주최씨 부인은 몸이 점점 쇠약해져 배속의 아이와 함께 세상을 떠났다. 도남은 인공의 후유증으로 한순간 부인과 아이를 잃게 된 것이다. 이때부터 그는 괴로운 마음을 달래기 위해 술을 가까이했다.

인공시절 모친인 정홍은 병석에서도 아들의 안위가 걱정되어 식음을 전폐하였다. 모친을 모시고 있던 계남 부부는 큰아들 석이를 시켜 도암을 다녀오게 하였다. 석이는 큰아버지 집으로 가는 길목인 도장굴을 지나고 있었는데 이때 큰비가 내리기 시작했다. 조개바위에 흐르는 개울을 건너 도암으로 들어간 석이는 다시 집으로 돌아오려고 했다. 이때 큰아버지는 비가 내려 걱정이 되었는지 조카인 석이를 바래다주기 위해 함께 집을 나섰다. 도장굴 조개바위 앞에 도착해 보니 금세 물이 불어나 건널 수 없는 지경에 이르렀다. 이를 본 도남은 석이에게 말했다.

"막걸리 같았으면 다 마시고 가겄다만 술이 아니라서 어쩔 수 없으니 내일 가거라."

다시 큰아버지댁으로 간 석이는 다음날이 돼서야 집으로 돌아올 수 있었다.

본부인과 사별한 도남은 아이들을 데리고 다시 원천리로 이사를 했다. 그곳에서 두 번째 부인인 남평 임씨를 만나 재혼하게 되었다. 임씨 부인은 강진 출신으로 도남에게 오기 전, 강진에 사는 경찰서장과 혼인했다가 아이를 못 낳는다는 이유로 시어머니와 갈등을 빚고 있었다. 어느 날 남편은 한 여자를 만나 딸아이를 낳아 집안으로 들여왔다. 임씨 부인은 그 길로 집을 나와 자식들이 많았던 도남에게 시집을 오게 되었다. 도암 생활을 시작한 임씨 부인은 아이들을 키우면서 알뜰하게 살림을 꾸려나갔다.

▲ 정홍의 소장품

옥자야! 옥자야!

1952년 옥자가 여덟 살이 되던 초등학교 1학년 2학기 때 일이다. 정홍은 옥자를 보고 항상 걱정을 했다.

"저 애가 올해 나가는 삼재라 수가 사나운디, 해를 잘 넘겨야 할 텐디…."

그해 6월이 지나가던 날, 정홍은 누운 채 무슨 뜻인지 모를 말을 중얼거렸다.

"해가 기울어졌응께 갔수다……."

이는 옥자의 건강을 염려한 말로 해가 저물어 삼재가 다 지나가고 있다는 의미였다.

어느 날 옥자는 학교를 마치고 집에 돌아와 책보를 마루에 두고 골방으로 들어가 배를 잡고 끙끙 앓기 시작했다. 상황을 모른 채 부엌에 있던 정녀는 옥자에게 말했다.

"옥자야. 할머니 미음 떠 드려야지."

옥자는 틈만 나면 누워 계신 할머니의 끼니를 챙겨 드렸고 오줌을 받기도 하는 등 할머니 수발을 마다하지 않는 착한 아이였다. 아프면 아프다는 내색도 안 하던 성품이었기에 행여나 누가 알기라도 할까 봐 어두운 골방에 들어가서 배를 움켜쥐며 고통을 참고 있었던 것이다.

"엄니, 나 배가 아퍼."

참다못한 옥자의 목소리가 들려 왔다. 옥자를 본 정녀는 그 길로 딸을 등에 업고 의원을 찾아갔다. 의원은 주사 한 대를 놔 주더니 괜찮아질 것이라고 얘기했다.

그러나 얼마 지나지 않아 옥자의 배에 통증이 다시 찾아왔다. 골방으로 들어가 이불에 기대며 옥자는 웅얼거렸다.

"엄니, 배가 너무 아퍼, 배 아퍼 죽겄어……."

안방에 누운 정홍도 무슨 말인지 들리지 않을 정도로 힘겨운 목소리였다.

그때 방 안에서 밥그릇 소리가 들렸다.

"땡그랑 땡그랑"

정홍이 밥그릇을 던져 소리를 내 정녀에게 알리려 했던 것이다. 안방으로 들어가 보니 옥자는 골방 이불에 엎어져 배를 움켜쥐고 있었다. 옥자는 몸을 움직이지 못한 채 이불에 얼굴을 파묻고 고통스러워하고 있었다.

"엄마 나 배 아퍼, 배 아퍼……."

옥자의 몸을 살펴보니 온몸이 불덩이처럼 열이 나고 땀으로 범벅이 되어 옷이 젖어 있었다.

"빨리 의원한테 얼른 가자!"

놀란 정녀는 옥자를 등에 업으려 했지만, 옥자는 '몸을 움직일 수가 없다'고 했다. 놀란 정녀는 의원을 금방 데리고 오겠다며 부리나케 의원에게 달려갔다.

의원을 데리고 돌아온 정녀는 황급히 안방으로 들어갔다. 순간 불안한 느낌이 엄습했다. 시어머니 정홍은 자신의 흐트러진 이부자리를 잡고 누워 눈물만 흘리고 있었다. 정녀는 무언가 잘못되었다고 생각하며 불안한 마음으로 골방문을 열었다. 옥자는 쓰러져 있었고 정녀는 미동 없는 딸을 흔들었다.

"옥자야! 옥자야!"

의원은 곧바로 아이를 살폈지만 아이는 이미 싸늘한 시신으로 변해 있었다. 정녀는 자신의 부주의로 딸을 지키지 못했다는 죄책감에 고통스러워했다. 계남은 옥자를 발대에 지고 정녀는 울면서 유바탕의 공동산으로 올라갔다. 난데없는 까마귀가 날아 울어대기 시작했다. 옥자를 묻고 산에서 내려온 계남과 정녀는 집에 돌아와 한없이 울고만 있었다.

▲ 좌측 박정녀와 우측 안사차가 오구굿을 하는 모습. 죽은 자가 생전에 풀지 못한 원한이나 욕구를 풀어주고 모든 죄업을 씻어주며 천도하기를 기원하는 의식이다.

강제징용

1953년 3월 계남은 사회적으로 멸시당하는 자신의 무업으로 인해 자식들에게 제약 받을 것을 염려하여 중학교 2학년을 마친 큰아들을 서울로 유학을 보냈다.

1954년 2월 정홍이 임종하기 며칠 전이었다.

"니 못 할 일 시키고 내가 저승에 가서 뭔 죄를 받을 꺼나."

정홍은 며느리인 정녀에게 자신의 업을 물려 준 것을 못내 미안해했다. 정녀는 풍으로 드러누워 움직일 수조차 없는 시어머니를 날이면 날마다 간호했다. 막대기로 된똥을 파내야만 했고 대변이 안 나오는 날은 나무 목욕탕에 따뜻한 물을 채워 놓고 몸을 담가 변이 조금이라도 나오길 기다리는 날도 있었다. 그렇게 정녀는 시어머니를 11년간 수발했고, 정홍은 음력 2월 17일 세상을 떴다. 정녀는 그 공로를 인정받아 성균관과 화순군청에서 효부상을 받았다.

1954년 초겨울이 되자 능주에서는 2명이 강제징집 되어 징용을 가게 되었는데 그중 계남이 선택되어 강원도로 배치되었다.

눈에 덮인 한겨울의 강원도는 계남에게 혹독했다. 계남은 지게를 지고 미군들의 실탄과 포탄, 지뢰 등 군수 물품을 나르는 일을 했다. 지게로 군수 물품을 옮기다가 발을 헛디디면서 눈 속에 파묻혀 죽을 고비를 넘기기도 했다. 얼마 후 경기도 평택으로 내려와 미군들과 생활했다. 휴식하는 날이면 미군들과 짐 나르는 술내기 시합을 하는 경우도 있었다. 미군들은 힘이 좋았지만 지게로 지고 나르는 한국 사람들을 결코 이길 수는 없었기에 한국 사람들이 이겨 박수를 받는 일도 많았다.

한편, 정녀는 홀로 자식들을 키워야만 했다. 어느 날 아침 한실에서 아주머니가 다급하게 정녀를 찾았다. 5살 된 아이가 입에 거품을 물며 보름 동안 밥도 못 먹고 물도 못 마신다며 그녀를 찾은 것이다.

"아이가 이 지경까지 되었으면 병원으로 달려가야 하지 않겠소."

정녀는 그렇게 아주머니를 돌려보내려 했지만, 오히려 그녀는 절박한 상황인 듯 정녀에게 매달렸다.

"병원에서 보름 동안 있어도 소용이 없어 찾아왔소."

정녀는 책을 펴 놓고 시어머니가 일러 준 대로 점을 봐 줬다.

"아이가 목신 동토가 나서 죽게 되었으니 동정잽이로 막아 봅시다."

정녀는 채비를 하고 한실로 아주머니를 따라 걸어 들어갔다. 동정잽이를 하고 집으로 돌아온 정녀는 꿈을 꾸게 되었다. 시어머니가 보따리를 싸 들고 웃으며 대문 안으로 들어오는 꿈이었다. 정녀는 너무 반가워 말했다.

"어머니가 몸이 다 나으셨네. 뭘 이렇게 싸 오셨소."

다음 날 아침, 어제 일했던 집 아주머니가 남편과 함께 정녀를 찾았다. 새벽에 아이가 하품을 하고 배고프다며 밥을 달라고 했다는 것이다.

"아이가 아침밥 조금 먹더니 걸어 다니기까지 했소."

아주머니는 한시름 놓은 듯 고마운 얼굴로 정녀에게 말했다. 정녀는 어젯밤 꿈을 생각했다.

'새벽꿈에 시어머니가 보이더니 예사로운 꿈이 아니었구나.'

시어머니에게 감사한 마음을 가지게 된 정녀는 그 후부터 굿이 나면 혼자서도 굿을 주재하는 역할을 하기 시작했다.

1년이 지나고 다시 10월이 돌아왔다. 능주에서 징용 갔던 사람이 고향으로 돌아왔다. 그는 정녀에게 찾아와 며칠 후면 계남도 돌아올 것이라고 알려줬다. 계남은 정말로 얼마 지나지 않아 집에 돌아왔고, 어머니가 돌아가셨다는 소식을 접했다. 어머니의 임종을 지키지 못한 죄스러운 마음을 안고 유바탕 산소를 찾은 계남은 아버지와 나란히 누워 계신 어머니를 보고 한시름 달랬다.

집에 돌아온 계남은 이때부터 부인인 정녀에게 본격적으로 씻김굿을 가르치기 시작했다. 저녁마다 못한다고 계남에게 핀잔을 들을 때면 눈물을 보이기도 했던 정녀는 이후 본인 없이 굿을 진행할 수 없을 만큼 실력을 쌓았다.

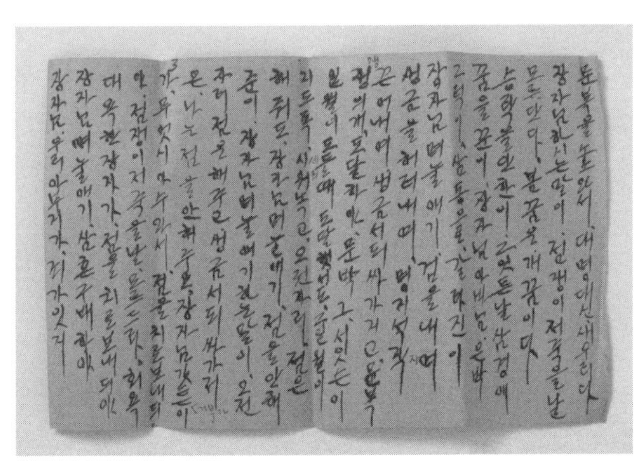

▲ 조계남이 써서 부인 박정녀를 가르침.

덧배기춤과 대금 명인 한주환

1955년 어느 봄날이었다. 계남은 오늘도 음악을 치기 위해 조도화, 조동선, 박기채, 안사차, 조양금, 박정녀를 집으로 불러들였다. 마당에서 덕석을 깔고 한데 모아 돌아가면서 한 자락씩 소리를 하고 구정놀이로 접어들며 걸판지게 음악을 치고 있는데, 한쪽에서 춤을 추는 아이가 있었다. 다름 아닌 6살 된 계남의 둘째 아들 웅이가 몸을 흔들고 대문에 들어서 춤을 추고 있었던 것이다. 그 모습에 모두가 박장대소했다. 사차가 일어나 나오며 말했다.

"웅아, 니가 춘 춤이 그 유명한 '덧배기춤'이다. 꼭 니 할아버지를 본 것 같어 반갑구나."

동선이 먼저 꽹과리를 잡고 굿거리를 치고 들어가니 사차의 멋진 춤 동작이 이어졌다. 모두가 숨을 죽이던 그때, 징, 장구, 꽹과리, 새납 소리가 춤을 따라 울려 퍼졌다. 자진가락으로 넘어가자,

"덧배기춤은 이렇게 추는 것이다."

라며 농을 치던 사차는 덧배기춤을 선보였고, 웅이도 덩달아 춤을 추기 시작했다.

이날 음악 치는 소리는 유독 더 경글어지게[26] 울렸다. 지나가던 동

---

26) 구성지고 홍이 나는 소리.

네 사람들이 마당으로 들어와 기웃거리고 있었다. 그렇게 분위기가 무르익고 있을 때, 가옥제에 살고 있던 공옥진이 대문 안으로 들어왔다. 능주 장날이라고 장을 보러 나온 것이다. 옥진도 흥에 겨웠는지 곱사춤을 추기 시작했다. 너도나도 곱사춤을 추기 시작했고, 급기야 사차도 곱사춤에 가세했다. 바로 안사차가 최고라고 정평이 나 있는 곱사 병신춤을 선보이는 중이었다. 모두 박장대소로 웃고 즐거워했다. 춤을 추던 옥진은 "형님한테는 못 당하겄소"라며 빠졌다. 판은 사차의 독무대가 되어 그렇게 너울너울 춤을 추고 있었다. 그러는 동안 해는 서쪽으로 넘어가고 초가지붕 위의 박들도 붉게 물들어가고 있었다.

화순군 동복면 한천리에 살고 있던 대금 명인 한주환은 부인과 함께 능주 잠정리(학샘길 2번지)로 이주하였다.

당시 계남은 능주에 살다가 동복면으로 이주해 살던 오태석, 오진석 씨와도 음악적 교류를 하고 있었다. 한주환은 능주의 계남이라는 이가 구음가락이 구성지다는 소식을 접하게 되면서 계남을 몇 차례 찾아왔다. 한주환은 어머니 고향이 능주인 탓에 어머니에 대한 향수도 있었다. 그러다 자신의 대금산조가락을 완성하기 위해 작정하고 계남의 집 근처로 거처를 옮긴 것이다.

한주환이 능주로 들어서는 날, 능주에는 오일장이 크게 열리고 있었다. 그는 먼저 시장을 둘러본 후 계남의 집으로 향했다. 모친의 고향이어서인지 마을은 주환을 반겨주듯이 따뜻한 기운이 가득했다.

계남의 집에 들어서자 마당 한쪽 화단에는 꽃들이 만발하게 피어 있었다.

"동생, 나 왔네."

주환은 마당 한쪽 평상에 걸터앉으며 짐보따리를 내려놓았다.

"형수씨는 어쩌고 혼자 오시오?"

계남의 물음에 주환이 화답했다.

"살집 둘러본다고 먼저 갔네."

주환은 이사 오는 날임에도 자신이 살 집을 먼저 들어가지 않고 계남을 바로 찾아온 것이다.

그렇게 주환은 계남의 집 근처에서 사글세살이를 시작했다. 계남이 굿이 나는 날에는 주환과 함께 굿을 하러 가기도 하고, 쉬는 날에는 계남의 집을 찾아 그의 구음가락에 맞춰 젓대를 불곤 했다. 또한, 계남은 동네 환갑잔치 행사가 있을 때면 박기채, 조도화, 한주환과 어울리며 삼현 치러 다니는 등 주환과 잦은 교류를 하였다.

어느 여름날 오전 나절에 한주환은 여느 때와 마찬가지로 젓대 한 자루를 들고 계남의 집을 찾았다. 두 사람은 마당에 펼쳐 놓은 평상 위에 앉았다. 계남은 장구를 치며 구음을 하기 시작했고 주환은 가락을 반복하며 젓대 소리를 냈다. 젓대 소리가 끊어지면 다시 구음 소리를 반복하고 끊어지면 또 반복하고……. 그렇게 한참을 계남과 주환은 열공을 거듭했다.

해가 중천에 떠오르자 더웠는지 주환은 맨살이 드러나도록 상의를 벗고 속바지만 걸친 채 연주에 몰두했다. 부엌에서 밥상을 가지고 나오던 정녀는 주환의 그러한 모습에 부엌에서 한동안 나오질 못하기도 했다. 주환은 이렇게 능주에서 5년 6개월 동안 머물렀다.

능주극장 축하공연

1958년 계남의 5촌 조카인 조도화는 명고수 김명환을 가르친 바 있다. 능주로 장가를 들은 김명환이 대례를 치른 날이었다. 명환은 처가의 젊은 남자들로부터 동상례를 당할 때 동네 사람들로부터 핀잔을 받았다.

"왜 소리 한 대목도 못 하고 장단도 못 맞춘당가?."

핍박을 당했다고 생각한 명환은 분한 나머지 도화를 찾아가 소리북을 배우기 시작했다.

1959년 능주극장이 처음 생겼다. 축하공연을 위해 광주에서 30여 명의 기생이 능주를 찾았다. 창을 하는 기생들은 자연스럽게 계남의 집 윗방에 숙소를 정하고 짐을 풀었다. 핑개동에서 살고 있던 조카 동선이가 이 소식을 듣고 부랴부랴 계남의 집으로 올라와 자기네 집이 더 넓다며 기생들을 데리고 가버렸다. 계남은 기분이 썩 좋지는 않았지만, 동선의 집이 비교할 수 없이 넓었기 때문에 굳이 뭐라 할 수 없는 노릇이었다.

극장 공연은 2주 동안 계속되었다. 먼저 영화로 '두만강아 잘 있거라'와 '바위고개'가 상영되었다. 다음으로 기생들의 창이 이어졌고 그

공연에서 계남은 피리, 젓대를 연주하고 동선과 도화는 장단을 담당하였다.

1960년 조견만(마치 부친)과 변씨 부부는 능주 계남의 집이 편하다며 계남의 집으로 들어와 살았다. 그리고, 음력 6월에 계남의 셋째 아들이 태어났다. 견만은 1년을 살다가 1961년 3월 세상을 떴고, 변씨 부인은 홀로 살겠다며 거처를 옮겼다.

계남은 홀로 사는 형수가 안타까워 형수를 다시 능주집으로 모셔와 본인의 식구들과 동거하게 했다. 또한, 계남은 홀로 계신 변씨 형수님를 위해 아들인 마치(준명)를 찾아 나섰다. 조마치는 자가 '준명'으로 조몽실 만큼의 명창 반열에 이름이 오르지는 못했지만 소리를 아주 잘했다고 전해진다. 계남은 준명을 백방으로 수소문한 끝에 나주에 이주하여 살고 있는 큰딸이 있다는 사실을 알게 되었다.

눈이 내리던 어느 겨울날이었다. 계남은 둘째 아들 웅이를 데리고 나주를 찾아갔다. 물어물어 찾아간 곳은 어느 주막집이었다. 날은 어둑어둑 해가 지고 있었다. 주막 안으로 들어서자,

"뉘시오?"

여주인은 방문을 열고 나오면서 물었다. 계남이 능주에서 왔다고 하자 여주인은 사색이 된 얼굴로 반갑게 맞이했다.

"아이고 어쩐 일이세요, 어떻게 오셨어요."

계남은 웅이에게 너의 누님뻘 되니 '누님'이라고 부르라며 일러 주었다. 여주인은 다름 아닌 마치의 큰딸 월하였다. 잠시 후, 월하는 술상을 들고 방으로 들어왔다. 상에는 막 삶은 돼지고기가 놓여 있었다. 월하는 계남에게 물었다.

"어쩐 일이세요."

"마치를 찾으러 왔네."

마치는 변씨 형수님의 아들이면서 계남의 사촌 조카였다.

"아버님은 이미 돌아가셨어요."

순간, 계남은 가슴이 철렁하며 허탈한 마음이 들었다. 계남은 변씨 형수에게 아들을 찾아 주기 위해 노력했지만 이미 세상을 뜨고 만 것이었다.

"어디에 모셨는가."

월하는 밖으로 나가 '저쪽'이라며 손가락으로 공동산 쪽을 가리켰다.

계남은 마치와 상봉은 못 했지만, 이를 계기로 마치의 아들과 딸을 찾을 수 있었고, 손자는 능주로 와 매년 조부모님께 성묘를 하며 묘를 관리하고 있다.

▲ 조종엽이 춤을 가르칠 때 사용한 제금발(자바라)

도남의 임종

1960년 겨울 계남은 광주 무등산으로 산소 일을 하러 가게 되었다. 능주는 몇 일째 눈이 내리고 있어 거리마다 눈이 쌓여 다니는 사람들이 없었다. 정녀는 산소 일을 하러 가는 계남을 걱정했다.

“원석 아부지, 이렇게 눈이 오는디 혼자 어쩔라고 그러요.”

“진작 날을 받아 놨는디, 안 가믄 쓰겄는가. 다녀와야제.”

계남은 책임감이 남달랐다. 저녁에 미리 일 나갈 채비를 한 그는 새벽에 일어나 검정색 두루마기를 입고 집을 나섰다.

능주역에 도착하니 계남을 알아본 동네 사람들이 ‘조선생님 아니냐’며 인사를 건넸다. 기차는 새벽바람을 가르며 남광주역에 도착했다. 그러나 아직 날이 새지 않아 어둑어둑했다. 이제부터는 걸어 들어가야만 했다. 두어 번 가 본 적이 있었던 당가집이라 근처에 가면 쉽게 집을 찾을 수 있을 것이라고 생각했다. 계남은 발을 재촉했다.

무등산 초입에 당도하니 날이 밝아 왔다. 산에 들어서자 눈이 점점 세차게 내렸다. 얼마나 더 걸어 들어갔을까. 쌓인 눈에 길이 보이질 않았다. 이쪽으로 발을 디뎌 보고, 저쪽으로 디뎌 보고, 이리 미끌 저리 미끌하다가 그만 개울물 속에 빠지고 말았다. ‘풍덩 풍덩’ 개울을 빠져나와 양말을 벗어 쥐어짜 다시 신고, 산을 향해 올라갔다.

당가집에 당도하자 집주인은 눈이 많이 내려 못 오는 줄 알고 걱정했다며 산소에 가지고 갈 갖가지 음식을 챙겨 꺼내 왔다. 계남은 집주인의 뒤를 따라 산소를 향해 올라갔다. 마침내 산소에 도착하니 나즈막한 산소 세 봉이 가지런히 놓여 있었다. 그곳에 자리하고 일을 시작했다. 세차던 바람도 한결 잠잠해졌다. 하지만 계남은 발가락이 점점 아려 왔다. 아까 물속에 빠지면서 젖었던 양말 때문이었다.

낮 시간이 되어 일을 마치고 산소를 빠져나오는데, 언제 그랬냐는 듯 또다시 세찬 눈보라가 몰아치기 시작했다. 서둘러 내려가자는 당가집 사람들의 재촉에 한참을 내려오던 중 앞서가던 사람이 '악!' 소리를 내며 미끄러져 눈 속으로 사라지는 것이 아닌가. 논두렁 가 수로에 쌓인 눈에 파묻힌 것이었다. 모두들 다급하게 눈을 손으로 휙휙 저었다. 다행히 사람의 발이 보이기 시작했다. 일행들은 지체없이 묻힌 사람의 한쪽 다리를 잡고 힘껏 당겼다. 순식간의 일이었다.

당가집 사람들과 헤어진 계남은 무등산에서 내려왔다. 하늘은 어두운 구름으로 덮여 있었고 눈발은 하염없이 내리고 있었다. 집으로 돌아온 계남이 양말을 벗어 보니 발이 시퍼렇게 부어올라 있었다. 놀란 정녀는 이렇게 붓도록 일을 하고 왔냐며 따뜻한 물을 적셔 찜질을 시작했다. 그 후로 계남은 발가락 동상으로 한동안 고생을 해야 했다.

계남은 쉬는 날이면 농사일도 겸했다. 논에서 일을 하고 있으면 셋째를 업은 정녀는 계남에게 주려고 누룽지와 새참을 이고 논두렁길을 걸어갔다. 정녀는 계남의 일을 거들다가 해 질 녘이 되어서야 집으로 돌아오곤 했다.

계남은 무업과 농사만 가지고 아이들을 키우는 것이 버거웠다. 무엇이라도 해야만 했던 계남은 아이들의 학비를 마련하기 위해 한천 탄광을 다니기 시작했다. 그러나 탄광에서 예기치 못한 사고가 나자 그만두고, 집에서 돼지 키우는 일을 시작했다. 손수 돼지막을 지어 놓고 정성을 기울였다. 돼지 새끼를 내기 위해 접을 붙인다고 돼지를 끌고 모산리로 향하기도 했다. 돼지가 필요했던 사람들은 계남의 집으로 찾아와 새끼 돼지를 사 가지고 갔다. 이렇게 벌어들인 돈으로 그는 자식들의 학비를 마련할 수 있었다.

새끼 돼지가 태어나려고 하던 어느 날, 동선의 아버지인 조정만이 임종했다는 소식을 접했다. 계남은 일을 마치고 초상집을 가려는데 이상하게도 새끼가 좀처럼 나오지를 않는 것이었다. 초상집에 바로 가면 부정 탈 것을 염려한 계남은 저녁이 되면 동선이 집에 가기로 마음을 먹고 돼지 출산에 집중하였다.

이런 과정을 거치던 중 드디어 어미 돼지가 새끼를 낳았다. 동선은 당숙인 계남이 오지 않는다며 서운함을 인편으로 알려왔다. 새끼를 다 낳았으니 별일 없기를 바라며 거적을 돼지막에 둘러쳐 놓고 동선의 집으로 곧장 내려갔다.

잠시 상을 치르고 집에 올라온 계남은 먼저 돼지막을 살피다가 눈을 의심케 하는 일이 벌어졌다. 어미가 자신이 낳은 새끼 두 마리를 물어서 죽이고 만 것이다.

놀란 계남은 다음날 일어나 돼지막에 들어가 보았다. 어미 돼지가 남은 새끼들도 모조리 물어 죽이고 말았다. 계남은 어미 돼지를 달래기 시작했다. 그 이후로 계남은 마음이 좋지 않아 돼지 키우는 일을 접고 말았다.

둘째 아들 웅이가 초등학교 6학년 때 일이다. 학교 음악 시간에 선생님은 웅이를 불러 친구들 앞에서 노래를 부르게 했다. 선생님은 노래를 잘 부른다고 칭찬하였고 소문을 들었던 옆 반 선생님이 웅이를 데려다가 노래를 부르게 하는 일도 생겼다. 이 와중에 군내 노래자랑이 열렸는데 최종 2명 중 웅이가 뽑혔다. 하지만 다음날 선생님이 교실로 들어오시더니 웅이가 탈락하고 대신 다른 아이가 선발되었다고 통보를 했다. 나중에 안 사실이지만 단골 자식이라는 이유로 선발자가 뒤집힌 것이었다. 계남은 이 사건을 계기로 자식들이 사회에 나가 제약을 받을 것을 염려하여 자식들에게 자신의 기예를 더이상 가르치지 않기로 마음먹었다.

1963년 동짓달(음력 11월 12일 밤 12시) 자정을 넘는 시각에 막둥이 산이가 태어났다. 그런데 아이는 미동도 없이 울음소리를 내지 않는 것이었다. 이상하다고 생각한 계남과 정녀는 아이를 살펴보았다. 아이는 분명 숨을 쉬지 않고 있었다.

'뭔가 잘못되었구나……!'

계남 부부는 혹 아이가 깨어날 수 있다는 생각에 새벽녘까지 뜬눈으로 밤을 지새웠다. 다시 두 시진[27]이 지나서 아이를 살펴보았지만 아이는 깨어날 기미가 안 보였다. 아이가 죽었다고 판단한 계남과 정녀는 할 수 없이 아이를 윗목[28]에 옮겨 놓고 그 위에 하얀 무명베로 아이의 몸 전체를 덮어 놓았다.

오늘도 굿 날을 받아 놓았던 터라 산후 조리할 틈도 없이 일을 나가

27) 4시간

28) 온돌방에서 위쪽 차가운 바닥.

야 했다. 계남과 정녀는 돌아오는 길에 아이를 어찌해야 할지 의논하면서 집으로 돌아왔다. 그런데 예기치 않게 안방에서 아이의 울음소리가 들려 왔다. 황급히 방문을 열고 들어가 보니 아이가 울고 있었다. 정녀는 안방으로 뛰어 들어가 아이를 반갑게 안았다.

"아이고 내 새끼"

하며 젖을 물렸다. 계남도 기뻐하며 한마디 거들었다.

"허허, 이 아이는 명이 길겄네!"

1966년 정월 도남은 동생 계남을 보고 싶다며 어린 큰아들을 통해 기별을 해왔다. 계남은 화순군내 어디를 가거나 하면 늘 걸어 다녔다. 차가 자주 왕래를 하지 않은 이유도 있었지만 걸으면서 여러 생각을 정리할 수 있었기 때문이다. 이날은 부인과 동행을 하였기에 달구지를 빌려 타고 도암으로 향했다. 바람이 세차게 몰아쳤다. 도남의 집에 도착하여 방 안에 들어서니 도남은 술을 듬뿍 먹은 상태였고, 장군독 같은 술독은 방 가장자리에 놓여 있었다. 도남은 계남의 손을 붙잡더니 머리를 끌어당겨 안으며 눈물을 흘렸다.

"동생, 나 얼마 못 가겄네. 죽을 날이 사흘밖에 안 남았네."

멋쩍어하며 대수롭지 않게 생각했던 계남은 도남의 눈가에 맺힌 눈물을 보고 의아해했다. 생전에 눈물을 보이지 않고 호탕하기만 했던 형이었기 때문이다. 옆에 있던 정녀에게 그 모습은 마치 도남이 세상을 하직하려는 모습처럼 비추어졌다.

계남 부부가 집으로 돌아오고 딱 사흘 뒤, 도암에서 사람이 찾아와 도남이 임종했다는 기별을 해왔다. 계남은 부랴부랴 도암에 들어가 염을 해 놓은 도남을 보았다. 계남은 북받쳐 오르는 감정을 억누르려 애를 썼다.

도남이 세상을 뜬 후, 강진에 사는 임씨 부인의 전남편이 도남의 임종 소식을 듣고 도암을 찾아 왔다. 친동생을 앞세워 찾아온 임씨 부인의 전남편은 밖에서 서성이며 기다렸고 그의 동생이 방안으로 들어왔다.

"형수님, 형님도 오셨는데 여기 들어오라 할까요?"

"여기까지 왔으니 들어오시라 하세요."

전남편은 들어오더니 임씨 부인에게 강진으로 가자며 지금까지 이혼 수속을 받지 않고 그대로 뒀다고 말했다. 동생도 오랫동안 형수님을 기다리며 지내 왔다며 그를 거들었다. 전남편은 임씨 부인에게 아직도 못 잊고 있다며 함께 돌아가자고 거듭 설득했다. 그러나 임씨 부인은 단호히 거부했다.

"아니오, 한번 이 집에 들어왔으니 여기서 살아야지 않겠소. 바쁘신디 여기까지 와 줘서 고맙소." 하며 전남편을 돌려보냈다.

도남의 첫 제사가 돌아왔다. 서울에 있는 계남의 자식들은 도암 큰어머니인 임씨 부인을 찾았다. 제사상에 올릴 밤을 치면서 덕이는 큰어머니가 큰아버지에게 시집오게 된 이유를 물었다.

임씨 부인은 농담 섞인 말로

"니 큰아버지가 자식들이 많응께 자식 한나나 날 줄 알고 왔제."

그 의중을 알았던 덕이는 즐겁게 밤을 치며 말했다.

"큰어머니도 큰아버지가 좋으신께 오셨겄제."

그렇게 임씨 부인은 홀로 원천리 마을에서 남은 여생을 보냈다.

아버지의 옛날이야기

산이가 4살 되던 해였다. 아침 식사를 하고 있는데 안방 천장에서 거미 한 마리가 내려왔다. 산이는 내려오는 거미를 건드리려고 했다. 계남은 아침에 거미가 내려오면 재수 있다며 건드리지 말라고 했다. 어떤 날은 천장에서 쥐가 기어 다니는 소리가 들렸다. 밤중에 잠을 자고 있으면 새끼 쥐가 천장에서 이불 위로 떨어지는 날도 있었다. 아이들은 기겁하고 밤새 쥐를 쫓아내느라 애를 썼다.

어느 날 계남은 피리 '서'를 물에 축이기 위해 서를 대접 물속에 담가 놓았다. 산이는 호기심에 피리 서를 건져 내어 불어 보았다. '빼~'하고 나는 소리에 재미를 붙였는지 몇 번을 불었다. 옆에 있던 계남의 웃음소리에 산이는 자신이 잘못이라고 한 듯 놀라 가만히 서를 내려놓았다. 계남은 산이에게 피리 서를 다시 손에 쥐여 주었다.

"이것이 피리 새[29]란다. 또 불어 보거라."

"빼~"

산이를 바라보던 계남은 어릴적 자신의 모습을 보는 듯이 흐뭇해했다. 잠시 후, 계남의 여동생인 복인이가 집안으로 들어왔다. 여동생은 군산에 살면서도 막내 오빠인 계남의 집을 가끔 찾았다. 과자를 한 보

---

29) '서'의 방언.

따리 사 들고 들어온 여동생은 산이를 데리고 잘 놀아 주었다, 등에 말을 태워 주는가 하면 무동도 태웠다가 두 발로 비행기를 태우기도 했다. 산이는 연신 까르르 웃으며 재미있어했다.

늦은 밤 계남은 호롱불을 밝힌 방안에서 아들과 딸들을 모아 놓고 옛날이야기를 들려주었다.

"나팔아, 어디 가니."

"시장에 간다…."

아버지인 종엽이 자신에게 들려주었던 이야기를 계남도 자식들에게 들려주고 있었다. 이야기가 끝이 나자 자식들은 이야기 속의 나팔이가 아버지일 것이라고 믿고 대뜸 물었다.

"아버지가 나팔인가요?"

"오냐, 오냐!"

계남은 웃음으로 화답했다. 은연중에 아이들은 아버지가 행사 때마다 새납[30]을 불고 다녀서 아버지에 관한 이야기일 것이라고 믿었다. 어느새 아이들은 잠이 들고, 아이들이 잠든 사이 계남은 정녀에게 마중을 나가기 위해 종이로 만든 호롱불을 준비했다. 정녀는 아침나절에 20리길 되는 한천 제롤로 일을 나간 상태였다. 달도 구름에 가려 질흙같이 어두운 밤, 부인이 항상 집에 돌아오던 시간대를 알고 있었던 계남은 준비한 종이 호롱불을 밝히고 한천 모산리 쪽으로 걸어 나갔다. 얼마 동안 들어갔을까. 어둠 속에서 발걸음 소리가 들려 왔다.

"자넨가?"

정녀는 저만치서 걸어오며 화답했다.

"예, 나요."

---

30) 한국의 전통악기이며 태평소라고도 부른다.

영락없는 부인이었다.

"추운디 뭐하러 여기까지 나왔소."

정녀가 화답했다.

1967년 계남의 나이가 52세 되던 해, 작은 추석날 능주극장에서 영화 상영이 있었다. 영화는 흑백 공포영화였다. 영화를 좋아했던 계남은 자식들을 데리고 능주극장을 찾았다. 극장은 능주 부유층이 만들어 놓은 건물로 영화 상영뿐 아니라 공연, 콩쿨 등 다양한 행사가 열렸다.

극장에서는 계남의 6촌 조카 손자가 2층에서 영사기를 돌리고 있었다. 계남은 새로운 영화가 들어올 때면 자식들을 데리고 극장을 찾곤 했다. 집에서 극장은 지척이어서 어린아이들도 금방 걸어갈 수 있는 거리였다. 계남이 아이들을 데리고 극장 앞에 당도하고 보니 많은 사람들이 극장 앞을 에워싸고 극장표를 구하려고 혈안이 되어 있었다. 붐비는 사람들 틈에서 조카 손자의 목소리가 들려왔다.

"작은아버지!"

조카 손자는 동네에서 인기가 좋았다. 그 이유는 영화 상영 때마다 무료입장권을 가지고 있었기 때문이다. 조카 손자가 다급히 부른 이유도 자신이 가지고 있던 표를 건네주기 위해서였다. 셋째 딸 란이는 사람들 틈을 비집고 들어가 조카에게 표를 받아 왔다. 이윽고 상영시간이 되고 줄을 선 사람들이 차례로 극장 안으로 들어갔다. 계남의 가족들은 지정해 준 맨 앞 좌석으로 이동해 앉았다. 영화가 시작되자 의자 칸칸이 들어차 앉은 사람들로 극장 안은 빽빽했다. 처음 극장을 찾은 산이는 란이 누나의 무릎에 앉아 신기한 듯 영화를 보다가 졸고, 잠에서 깼다가 또 졸고를 반복했다.

영화는 끝이 났고 사람들은 바쁘게 영화관을 빠져나갔다. 란이는 동생 산이에게 물었다.

"산이야, 너 영화가 무슨 내용인지 알겄냐?"

"사람들이 칼 들고 날아 다니던디, 나는 잠자 부렀네."

"산이가 지루했는 갑다."

사실 산이는 영화가 무서워 잠이 든 것이다.

어느새 밤은 깊어 하늘의 별은 창창했고 둥근 보름달이 골목길을 환하게 비추고 있었다.

▲ 조계남이 생전에 사용했던 태평소

엄마야, 누나야

1967년 12월 눈발이 날리는 겨울밤, 란이는 산이를 등에 업고 천덕리로 일을 나가신 아버지와 어머니 마중을 나갔다. 부드러운 눈은 솜털마냥 탐스럽게 내려 거리마다 소복이 쌓여있었다. 마을 어귀로 마중을 나간 란이는 희미한 가로등 밑에서 서성이며 아버지 어머니를 기다렸다. 등에 업힌 산이는 가로등 아래로 흩어지는 눈발을 신기한 듯 올려다보고 있었다.

"아버지, 어머니가 늦으신 갑다."

란이는 큰 냇가 다리까지 걸어 나갔다. 인적이 드문 거리는 온통 하얗게 변하고 있었다. 등에 업힌 산이가 말했다.

"누나, 너무 춥다."

"조금만 더 기다려 보자."

란이는 산이에게 노래를 불러 주었다.

"엄마야 누나야 강변 살자~ 들에는 반짝이는 금 모래빛~"

누나가 들려주는 노래는 하늘에서 내려온 선녀님의 노래였다. 산이는 누나가 노래를 참 잘 부른다고 생각했다.

그렇게 란이가 노래하고 있을 때, 저만치서 뽀드득 뽀드득 눈 밟는 소리가 들리더니 아버지와 어머니의 모습이 나타났다.

"추운디 뭣 하러 나왔냐."

정녀는 걱정스러운 목소리로 말했다.

"감기 걸릴라. 추운께 얼른 가자."

정녀는 란이의 얼굴을 어루만지고 목에 목도리를 감싸주었다. 그리고 등 뒤에서 세상모르고 자는 산이를 토닥이며 집으로 향했다.

집으로 돌아온 계남은 호롱불 밑에서 담배를 태웠다. 이부자리에 누워있던 산이는 잠이 안 오는지 "아부지, 나팔이 야그 해 주시오."라며 큰 눈망울을 굴렸다. 계남은 '나팔이' 이야기를 들려주었다. 산이는 시간 가는 줄 모르고 듣다가 스르르 잠이 들었다. 호롱불은 여전히 방안을 은은하게 비추고, 그 사이로 계남의 담배 연기가 너울너울 피어오르고 있었다.

"사람이 힘을 쓸라면 단백질도 가끔 보충해야 헌다."

1968년 여름 계남은 자신이 짠 들그물[31]을 들고 아이들을 데리고 물고기를 잡으러 냇가로 나갔다. 아버지는 된장으로 물고기가 좋아하는 떡밥을 만들어 그물에 발라 물속에다 들그물을 펼쳐 놓았다. 금세 물고기 떼들이 몰려들었다. 마침내 들그물은 건져 올려졌고 여러 가지 크고 작은 물고기들이 퍼득였다. 아버지는 몇 마리의 큰 물고기만을 남겨놓고 작은 물고기를 다시 물속에 던져주었다. 아버지는 아이들에게 말했다.

"단백질을 보충해야 몸이 건강해진단다."

집으로 돌아오는 길에 아이들이 돌아가며 노래를 부르기 시작했다. 둘째 웅이가 아버지에게 노래를 불러 줄 것을 청했다. 계남은 노래를

---

31) 들어 올려 물고기를 잡는 그물.

부르기 시작했다.

"넓고 넓은 바닷가에 오막살이 집 한 채

늙은 아비 혼자 두고 영영 어디 가느냐.

내 사랑아 내 사랑아 나의 사랑 클레멘타인~"

현대 노래라고는 전혀 모를 것만 같았던 아버지가 노래하는 것을 본 아이들은 신기해하며 이 노래가 아버지의 유일한 18번곡이라 생각했다. 아이들은 그렇게 아버지와 함께 노래를 부르며 집으로 향했다.

1969년 3월 새벽부터 식구들이 분주했다. 덕이를 학교에 보내기 위해서였다. 덕이는 광주여자중학교 1학년에 재학 중인 학생이었다. 학교에 가기 위해서는 새벽 4시에 일어나 준비를 해야 했다. 당시 능주에서 광주로 가는 교통수단이 부족하여 기차가 유일한 교통수단이었는데, 그날은 덕이가 기차를 놓치고 말았다. 전날 공부를 오랫동안 하다가 늦게 잠이 들어 늦잠을 잤기 때문이었다.

계남은 덕이를 화순역까지 바래다주기 위해 함께 새벽길을 걸었다. 밤잠을 못 자고 일을 다녀와도 덕이가 기차를 놓치는 날이면 계남은 화순역까지 바래다주곤 했다. 화순역에 도착하고 잠시 쉬고 있을 때 광주로 가는 급행열차가 도착했다. 계남은 덕이가 기차 타는 것을 보고는 안심하고 뒤돌아 능주로 향했다.

집으로 돌아온 계남은 방으로 들어가 피리를 깎기 시작했다. 정녀는 방으로 들어오며 걱정 섞인 말을 했다.

"석이 아버지!, 눈 좀 붙이시오. 오후에 또 일 나가야 하는디…."

계남은 잠을 청하는 대신 일 하러 가기 전 굿판에서 실수하지 않기 위해 사용할 악기를 점검하고 있었다.

마을 화전놀이

1969년 음력 3월 3일, 오늘은 마을 사람들이 화전놀이 가는 날이다. 화전놀이는 1년 중 마을의 공동체 행사로 매년 음력 삼월 삼짇날을 맞아 으레 행해졌다. 이날도 매년 찾았던 밤나무골로 화전놀이를 갔다. 밤나무골은 밤나무가 많아서 불린 지명으로 강 한가운데에 섬처럼 자리 잡고 있었다. 그곳은 능주에서 5리 정도의 거리였는데 그곳에 들어갈 때는 돌로 만들어진 징검다리를 건너가야 했다. 이른 아침, 마을 사람들이 관영리 역전 삼거리로 하나둘씩 모여들었다. 맨 앞에 계남의 새납 소리가 출발을 알리자 동네 걸궁패들이 걸궁을 치며 뒤를 따랐고, 그 뒤로 남녀노소 할 것 없이 사내들은 짐을 가득 담은 지게를 지고 아낙네들은 장만한 음식을 이고 2열로 늘어서서 뒤를 따랐다.

마을을 벗어나 오리정에 당도하자 유서 깊은 충신강이 한눈에 펼쳐졌다. 며칠 전 비가 와서인지 충신강 보 위로 물이 살짝 넘쳐 흐르고 있었다. 사람들은 치마, 바지를 걷어 올리고 발목까지 차오른 물을 맨발로 찰랑이며 걸었다. 아이들은 마냥 신이 났는지 물 위를 이리저리 장난스럽게 뛰어다녔다.

밤나무골을 가려면 이 충신강 둑방길을 타고 거슬러 올라가야 했다. 둑방길은 길이 좁아 2열 종대로 늘어서서 걸어가야만 했다. 계남은 다시 맨 앞에서 새납을 불기 시작했다. 징, 장구, 꽹과리, 북잽이 등 걸궁패들이 덩달아 신명을 더했다. 사람들은 너울거리는 물결 따라 덩실덩실 춤을 추며 즐겁게 몸을 흔들며 걸어갔다.

사람들을 반기는 듯 둑방에도 노란색 분홍색의 작은 꽃들이 산들바람에 춤을 추고 있었다.

밤나무골에 도착하자 강 안쪽에 있는 밤나무골 섬이 눈앞에 펼쳐졌다. 일렬로 늘어서서 밤나무골까지 놓여 있는 징검다리를 건너갔다. 밤나무골은 밤나무로 가득 채워져 있어서 자연 그늘로 인해 휴식공간으로 적합한 장소였다. 밤나무골에 들어가니 나뭇잎들이 빼곡히 햇빛을 가리고 있었고 이파리 사이로 햇빛이 드문드문 내리비추고 있었다.

각 마을마다 채알을 치고, 이고 지고 온 물건들을 하나둘씩 풀어 음식을 준비하기 시작했다. 아이들은 여기저기 놀이에 정신이 팔려있고 한쪽에서는 벌써 씨름판을 벌이는가 하면 또 한쪽에서는 윷놀이, 줄타기하며 웃음잔치가 벌어지고 있었다.

"조 선생, 우리도 구정놀이 한판 벌입시다."

누군가가 다가와서 계남에게 부탁했다. 계남은 새납을 꺼내 들고 걸궁소리에 맞춰 악기를 불기 시작했다.

이렇게 구정놀이로 흥겨운 하루를 보내고 있을 때, 또 한쪽에서는 투망으로 물고기를 잡아 올리고 있었다. 호기심이 많았던 산이는 행여나 방해가 될까 봐 천천히 다가갔다. 투망을 던져 한꺼번에 물고기를 잡는 모습이 신기했다. 물고기를 잡아 올린 아저씨는 한 마리를 덥석 손에 쥐고서는 독 속의 고추장에 물고기를 넣어 묻히더니 퍼득이는 물고기를 순식간에 입속으로 집어넣었다. 산채로 입속으로 들어가는 물고기를 본 산이는 산적같이 생긴 아저씨가 무식하게 보였지만 한편으로는 대단하게도 보였다. 아저씨는 물끄러미 쳐다보고 있는 산이를 향해 물었다.

"너도 한 입 먹어 볼래?"

아저씨는 퍼득이는 작은 물고기를 고추장에 찍어 산이에게 건넸다. 산이는 싫다는 반응을 보였다.

"이렇게 큰 것을 어떻게 먹어요?"

"사내대장부가 이런 것도 먹고 그래야지."

"조금…작은 것으로 주시오."

아저씨는 투박한 손으로 파닥이는 물고기를 고추장에 살짝 바르더니 산이의 입에 가져다 댔다. 산이는 애써 용기를 내어 눈을 찔끔 감고 입을 벌렸다. 징그럽기도 했지만, 물고기가 불쌍하기도 했다. 매운맛을 느낄 틈도 없이 물고기는 입속으로 미끄러져 들어갔고, 옆에 있던 아저씨들도 대단하다며 칭찬을 아끼지 않았다. 산이는 맵다는 핑계를 대며 입을 오므린 채 달아났다. 그리고는 입에서 몰래 내뱉은 물고기를 손에 쥐고 물가로 달려가 물에다 던져주었다. 다행히 물고기는 흔들흔들 몸부림하더니 헤엄치며 사라졌다.

▲ 수궁가

구정놀이[32]

어느 날 산이는 눈 다래끼[33]가 났다. 눈이 팅팅 부어 가렵고 앞이 잘 안 보일 정도였다. 정녀는 이른 아침 산이를 데리고 초등학교 앞에 있는 밭으로 데려갔다. 밭은 산이네 것이었는데 밭 울타리에는 찔레나무가 여러 군데 자리하고 있었다.

어머니는 동쪽으로 뻗은 찔레나무 가지 하나를 골라 가장 가운데 줄기를 찾아야 한다며 작은 줄기를 꺾었다. 가시를 떼어 눈 언덕 부어오른 부분에 갖다 대고 손 비비는 말을 했다.

"동방각시네야 동방각시네야, 우리 산이……."

어머니는 그렇게 한참을 산이를 위해 빌었다.

하루는 관영리 장터 비료 가게 사장이 계남을 찾아 왔다. 사장은 능주에서 행사가 있을 때마다 새납을 부는 계남을 항상 먼저 찾곤 했다. 그는 며칠 후 영벽정에서 잔치가 있을 테니 와서 흥겹게 악기를 쳐 달라고 했다. 잔칫날 계남은 조카인 도화와 함께 영벽정을 찾아갔다. 이때 계남의 셋째 아들과 도화의 막내아들도 따라나섰다.

계남은 새납을, 도화는 장구를 메고 이날도 신명 나도록 악기를 쳤다.

---

32) 굿거리, 자진모리, 휘모리장단으로 흥겹게 춤을 추기 위한 음악.

33) 속눈썹 부분에 부스럼으로 부어오르는 질병.

어린 자식들의 눈에도 계남과 도화의 음악 치는 솜씨는 환상의 콤비였다. 영벽정을 찾은 동네 아이들이 봉지에 있는 설탕을 꺼내 먹고 있었다. 두 아이도 호기심에 봉지에 들어있는 설탕을 손가락으로 찍어 먹었다. 이윽고 너무 많이 먹었는지 배가 슬슬 아파오기 시작했다. 계남의 아들은 음악을 치고 있는 아버지가 일이 끝날 때까지 기다려야만 했다. 구정놀이가 끝나자, 비료 가게 사장은 수고비로 계남에게 돈을 건넸다. 계남은 돈봉투를 보더니 너무 많다며 봉투에서 다시 돈을 꺼내 사장에게 건네면서 음식값과 재룟값이 많이 들어갔을 텐데 이렇게 많이 받으면 안 된다고 말했다. 그것을 본 도화는 불만스러워하며 계남에게 따져 물었다.

"삼춘, 왜 돈을 주고 그래?"

"음식도 장만하느라 애썼지 않은가. 또 우리 불러 줬는디…"하며 조카를 달래면서 그냥 가기가 서운했다며 다시 불러 달라고 인사치레한 것이라고 했다.

"삼춘은 그냥 챙기고 봐야지. 왜, 그런 걸 왜 따져 참."

결국, 계남과 도화 사이에 말다툼이 일어났다. 그 후로 둘은 며칠 동안 말을 않고 지내다가 얼마 못 가서 언제 다퉜냐는 듯 다시 음악을 치러 다녔다. 그렇게 계남과 도화는 떼려야 뗄 수 없는 평생 동지였다.

어느 여름날, 학교에서 받아쓰기 시험을 치르고 집에 돌아온 산이는 가방을 마루에다 팽개치고 친구네 집에 놀러 나갔다. 가방을 발견한 정녀는 가방을 방안으로 들여놓다가 우연히 산이의 시험지를 보게 되었다. 시험지를 본 정녀는 화가 올라왔다. 한참 만에 집에 돌아온 산이는 마루에 앉아 계시는 어머니의 표정에 긴장했다. 아니나 다를까, 마루에 시험지 한 장과 회초리가 놓여 있었다. 어머니는 이유도 묻지 않고 종아리를 걷으라고 하시더니, 연거푸 다섯 대를 때리셨다. 어머니에게 처음으로 맞아 본 산이는 어찌나 아프고 억울하던지 참지 못하고 울음을 터뜨리고 말았다. 정녀는 산이를 꼭 안아주었다. 한바탕 울고 난 산이는 무심코 흔들리는 이를 손으로 만졌다. 옆에 있던 정녀는 왜 그러냐며 물었고 산이는 며칠째 이가 흔들린다고 말했다.

어머니는 이를 만져보더니 잠시 기다리라며 서랍에서 실패를 꺼내 오셨다. 하얀 실을 이에 걸어 놓고 방 문고리에다 실을 묶은 후 방문을 손으로 '탁' 쳤다. 순식간의 일이라 통증은 온데간데없고 잇몸에 바람이 들듯이 시원하면서 허전한 느낌이 들었다. 실에 묶인 하얀 이가 방바닥에 나뒹굴었다. 산이는 신기한 듯 자신의 이를 몇 번이나 만져보았다. 어머니는 산이를 데리고 마당으로 나가 '까치야 까치야 헌 이 주께 새 이 다오'라며 세 번 외치라고 말했다. 산이는 어머니가 시키는대로 세 번을 외치고 뽑힌 이를 지붕 위로 힘껏 던졌다.

'새 이를 준다니 기다려 보는 수밖에…….'

반신반의했던 산이는 헌 이를 버리기가 못 내 아쉬웠는지 버려진 이가 있는 지붕만 쳐다보고 있었다.

초가지붕 위에는 박꽃이 활짝 피어 있고 옹기종기 크고 작은 박들이 정답게 앉아 있었다.

며칠 뒤, 누나와 형은 지붕 위의 노랗게 익은 박을 하나씩 땄다. 누나는 사다리를 대고 지붕 위로 올라가 박을 땄고 형은 밑에서 누나가 따준 박을 받아 마당으로 내렸다. 박은 참 탐스러웠다.

계남은 가을이 오면 감나무에 걸려 있는 감을 따서 서울 큰집이고 작은집이고 포장해서 보냈다. 저녁이면 귀뚜라미 우는 소리와 어머니의 다듬이 두드리는 소리가 정겹게 들렸다. 산이도 해 보겠다며 두들

겨 보지만 마음대로 되지 않는다.

1969년 11월 산이가 오한[34]이 들었다. 몸은 춥고 머리는 망치로 치는 듯 아파 왔다. 어머니가 일어나 산이의 머리를 만져 보더니, 너무 뜨끈뜨끈하다며 걱정했다. 어머니는 부엌에 들어가 생된장과 맹물이 든 대접을 들고 방으로 들어오셨다. 된장을 대접물에 담그더니 약지 손가락으로 휘저어 물에 풀었다. 그리고 마시라는 거였다. 사경을 헤매고 있던 산이는 된장물을 마셨다. 토할 정도로 비위가 돌았다. 얼마 지나지 않아 산이의 몸은 갑자기 열이 나더니 온몸이 땀으로 범벅이 되었다. 땀을 흘리고 나니 몸이 날아갈 것만 같이 가벼웠다. 그는 생된장을 풀어 한 대접 더 먹겠다고 했다. 어머니는 빙그레 웃으셨다. 과하면 독이 된다며 잠 한숨 푹 자고 일어나라고 일러주셨다.

1969년 12월 계남의 큰아들이 대학을 졸업하고 본격적인 사회생활에 접어들어 독립하게 되었다. 계남은 둘째 아들 웅이와 첫째 딸 덕이를 큰아들이 사는 서울로 딸려 올려 보냈다. 세 형제는 서울 답십리 판자촌에서 얼마 동안 살다가 옥수동 달동네 사글셋방으로 이사해 본격적인 서울 생활을 시작했다.

이화여고를 다니던 덕이가 1학년이 끝나갈 무렵 같은 반 학생들이 불우한 이웃을 도운다며 덕이에게 줄 모금운동을 벌였다. 이것을 알았던 덕이는 친구들의 모금운동을 사양했다. 얼마 후 친구들은 쌀을 사들고 동네 앞까지 찾아오는 일이 벌어졌다. 자존심이 강했던 덕이는 집에 쌀이 있다며 다른 이웃들을 도와주라고 친구들을 돌려보냈다.

---

34) 감기 증상으로 춥고 떨리는 증상.

며칠 후 군산에 살고 있던 고모 복인이가 서울 조카들 사는 모습이 궁금하여 옥수동 달동네를 찾았다. 고모는 여러 가지 옷을 팔러 다녔어도 넉넉한 형편은 아니었다. 인정이 많았던 고모는 서울에 올라온 김에 조카들의 얼굴이나 보고 가고 싶었다.

쪽지에 적어 놓은 주소를 가지고 물어물어 올라간 곳에는 대문도 없이 허름하기 그지없는 판자촌이었다. 대문을 들어가니 인기척은 들리지 않고 문 하나 달린 방이 있었다. 다들 학교에 가고 아무도 없는 듯했다. 방 안에는 이불 몇 가지와 작고 낮은 책상 하나가 놓여 있었다.

'어떻게 이 좁은 방에서 살 수 있는지…….'

복인이는 조카들의 삶을 보고 연신 눈물을 훔쳤다. 각종 살림살이를 살피다가 쌀독에 쌀이 바닥난 것을 확인하고 연탄 100장과 쌀 한 말을 사다 놓고 옥수동 달동네를 내려왔다.

▲ 영벽정 : 풍류를 즐기던 공간.

산소 가는 길

어느 날 아침 산이는 한실마을로 굿하러 가시는 아버지와 어머니를 따라나섰다. 오늘은 영혼들끼리 결혼을 시키는 저승혼사굿이 예정되어 있었다. 아버지는 열심히 허수아비를 만들며 굿 준비에 여념이 없었고 어머니는 안방에서 상을 차리고 있는 주인댁을 거들고 계셨다.

저녁 무렵이 되자 걸판지게 굿판이 벌어졌다. 동네 사람들이 다들 모여 굿을 구경했다. 씻김굿을 한참 하고 '손대[35]'를 잡는 시간이 되었다. 아무나 나와서 손대를 잡아 보라는 말과 함께 동네 사람들은 서로 잡겠다고 나섰다. 마침내 동네 아주머니 한 분이 손대를 잡았다. 접신이 된 아주머니는 당가집 남편이 실렸는지 뒤안으로 달려가 자신이 쓰던 것이라며 낫을 찾아내는가 하면 찾은 괭이로 땅을 파기도 하고 벽장을 뒤져 낚싯대를 찾아내기도 했다.

구경꾼들은 '와~'하고 탄성을 질렀다. 또 다른 동네 아주머니가 손대를 잡겠다고 나섰다. 접신을 한 아주머니는 옆에 구경하고 있던 건장한 동네 사내의 머리채를 잡더니 소리를 지르며 죽일 듯이 달려들었다. 이 여자 혼신은 건장한 사내를 못 잊고 죽은 혼신이었다. 그렇게 굿은 구경꾼들을 울고 웃게 만들었다. 새벽녘이 되어서야 당가집 아픈

---

35) 신이 내린다는 작은 대나무 가지

사람을 마당에 쭈그려 앉혀놓고 박 바가지를 머리에 덮어 씌운 채 예리한 칼로 바가지를 때리며 잡귀 잡신 물리치는 행위를 하다가 대문 가까이 가더니 박 바가지를 '바삭' 소리가 나도록 돌에다 내리치며 깨뜨렸다.

새벽이 되어서야 대나무를 들고 집 안 구석구석을 다니며 액운을 털어 내는가 싶더니 대문 앞에서 낫으로 대를 꺾어 쳐내고, 징을 들고 집 밖으로 나가 객구를 풀어먹이는 구송을 했다. 굿은 끝이 나고 산이는 아버지 어머니와 함께 아직 동이 트지 않은 거리를 걸어 능주로 향했다.

1970년 3월 산이가 초등학교에 입학했다. 산이는 친구들 앞에서 그동안 보아 왔던 곱사춤을 보이는가 하면 웃긴 행동들을 보이곤 했다. 그래서인지 몰라도 유독 친구들에게 인기가 많았고 친구들은 산이에게 별명을 '까불이'라고 불렀다.

추석날 계남은 산이를 데리고 할아버지[조규영] 산소를 찾아갔다. 능주에서 30분간 버스를 타고 도착한 곳은 청풍면이었다. 내려서 걷고 또 걸으며 골짜기로 한없이 들어갔다.

"아부지 산소가 어디다요? 왜 이리 멀다요?"

자꾸만 투덜대는 산이를 향해 계남은 빙긋이 웃으며 말했다.

"오냐, 다 왔다."

그러다 흥타령 한 소절을 가르쳐 준다며 산이에게 따라 부르게 하고 그렇게 한참을 걷다가 또 한 모롱을 지나고 두 모롱을 지나도 할아버지 산소는 좀처럼 나타나지 않았다.

어린 산이에게는 처음 찾아가는 길이라 멀고도 힘이 드는 것이 당연했다. 다시 계곡을 타고 산 정상 가까이 올라가니, 아담한 언덕바지에 작은 산소 한 봉이 외롭게 자리하고 있었다. 바로 앞에는 망부석처럼 보이는 아담한 바윗돌이 놓여 있었다. 산이는 아버지에게 할아버지 산소를 왜 산 정상에다 썼으며 이 먼 곳 청풍까지 와서 묻혔는지 이유를 물었다. 아버지는 할아버지가 직접 봐 두신 산소 자리라 어쩔 수 없었다고 하셨지만, 아버지는 어떤 사연인지 알고 계신 듯 보였다.

추석 이튿날 계남은 부인과 자식들을 데리고 '유바탕'에 모셔진 아버지 어머니 산소에 성묘하러 갔다. 이때 도화와 사차도 계남 부부와 동행했다. 도화와 사차는 계남의 대소사 일에는 빠지는 일이 없이 한 집안처럼 가깝게 지냈다. 한소리를 잘했던 사차가 노랫가락을 부른가 싶더니 도화는 행화가 어떻다고 얘기를 꺼냈다.

"행화가 머다요?"

궁금했던 산이가 물었다. 도화는 '돈'이라고 일러 주었다. 산이는 더 궁금해졌다.

"왜 돈을 돈이라고 하지. 행화라고 해요?"

뒤에 오던 정녀가 '궤변'이라고 일러주었다.

"궤변이 머다요?"

"우리만 쓰는 우리네 말이어."

앞에 가던 사차가 물었다.

"막둥아, 너 같은 아이를 보고 하는 궤변이 뭔 줄 아냐?"

"모르지요."

"자동이란다."

산이는 "자동, 자동…" 하고 있는데 정녀가 "너 같은 어린 애를 동자라고 헌께, 꺼꿀로 해 봐라"고 말한다. 산이는 그때서야 이해하고 재미있어 했다. 도화는 재미있다는 산이에게 궤변을 늘어 놓는다.

"돼지는 서구, 우리 같지 않고 재주가 없는 모실집 사람을 개비. 밥은 서삼, 서삼집 개를 서구, 닭은 춘이…….”

한참 궤변을 늘어놓던 도화는 산이에게 장난을 걸었다.

“구성이 뭔줄 아냐?”

“…….”

산이는 대답이 없었다.

“니가 감나무 밑 합수물에 빠졌던 그 똥이다. 똥.”

이 말에 모두 웃음보를 터트렸다. 순간 산이는 지난날이 떠올라 창피했다. 봄날 아버지가 감나무 밑을 파고 거름 대용으로 똥, 오줌을 퍼다 놓았는데 형하고 장난을 치다가 그만 그곳에 빠진 경험이 있었기 때문이다.

얼마 동안 걷다가 도화가 산이에게 말을 건넸다.

“우리 같은 사람은 산이라고 한단다.”

“우리 같은 사람이오? 산이?”

”그래 우리같이 굳이 안 배워도 어디 가서 소리 잘허고 춤도 잘 추고 기구[36]도 잘 다루고…….”

나중에 안 사실이지만 ‘산이’란 세습으로 물려받은 소리 춤 악기 등 기예가 뛰어난 사람을 의미했다.

“산이, 산이~”

산이는 영문도 모른 채 듣기 좋다며 ‘산이’를 알 수 없는 노랫가락으로 불러댔다.

“카하하, 재주가 좋은 넘이시, 그걸 노래로 불러 대네.”

도화의 말에 조용히 걷고 있던 계남은 우리는 궤변을 알아도 쓰지 않는다고 했다. 우리만 알아들을 수 있는 말은 자칫 당가집에게 오해

---

36) 악기

를 살 수 있으니 되도록 사용을 하지 말자는 뜻에서였다.

산소에 도착한 계남은 산소 앞에 술을 따르고 담배 한 개비씩 태워드린 다음, 그 앞에 앉아 자신도 담배 한 개비를 꺼내 물었다. 모락모락 담배 연기가 계남의 어깨를 타고 올라갔다. 그렇게 모두 앉아 먼 풍경을 바라보고 있을 때, 사차가 막대기로 돌에 장단을 두드리며 분위기에 걸맞은 소리 한 대목을 시작했다. 한이 서린 애잔한 노랫가락이 산이의 가슴을 파고들었다. 흔들리는 갈대 사이로 저 멀리 기적을 울리며 기차가 지나갔다. 계남은 짧은 단가 소리로 화답을 했다.

"남한산성 지화문은 허유 허유 넘어가니~"

뒤따라 사차의 구성진 추임새가 들어갔다. 소리가 끝난 후 모두 일어나 유바탕 길을 내려갔다. 해는 서쪽 산을 넘어가고 있었다.

가을 운동회

산이가 입학한 능주초등학교에서 가을 운동회가 열렸다. 남녀 학생들이 짝을 지어 단체로 전통춤을 추는 시간, 멀리서 새납 소리가 웅장하게 울려 퍼졌다. 학생과 학부모들은 소리 나는 쪽으로 고개를 돌렸다. 멀리 구령대에 올라앉아 양복을 입고 새납을 부는 사람의 모습이 눈에 들어왔다. 가까이서 율동 하는 친구가 귀띔했다.

"산이야, 니 아부지어야."

순간 산이는 어리둥절했다.

'내 아버지라니, 아버지는 학교 와서 새납 불고 하실 분이 아닌데…….'

산이는 친구들에게 단골네 자식이라고 소문날까 봐 창피한 생각이 들었다. 하지만 율동을 하면서 '왜 내가 창피해하지?'라며 자신에게 반문했다. 아버지의 새납 소리에 율동이 끝나자, 친구들이 달려오더니 말했다.

"산이야, 니 아버지, 끝내주드라."

"니 아부지 진짜 멋있다."

하지만 산이는 그다지 즐겁지만은 않았다. 아버지로 인해서 단골네 자식이라고 주목받는 느낌이었기 때문이다.

집에 돌아온 산이는 어머니에게 학교에서 있었던 일을 얘기했다. 아버지는 방문을 연 채 피리를 손질하고 계셨다.

얼마 안 있다가 집에 손님이 들어왔다. 산이는 엄마에게 물었다.

"엄마, 누구시오?"

"엉, 니도 알 텐디. 막둥이 작은아버지라고……."

이분은 가야금병창 명인 정달영이었다.

"어서 들어가서 인사드려라."

산이는 좋아하며 안방으로 들어가서 달영에게 인사했다. 많이 컸다며 반갑게 맞아 주던 달영은 계남을 향해 말했다.

"성님, 초등학교 다 마치면 산이는 내가 데려갈라요. 약속했지라우?"

순간 산이는 당황했다. 어머니 아버지를 떠나 서울살이를 해야 한다는 생각에 당황한 것이다.

"나, 안 갈라요!"

달영은 이유를 물었고, 산이는 아직은 시골에 있고 싶다고 대답했다. 계남도 말을 거들며 좀 더 생각해보자고 했다. 달영은 크게 성공시킬 테니 염려 말라며 산이 초등학교만 졸업하면 서울로 데려가 제자로 키우겠다고 여러 차례 입장을 밝혀왔다. 그러나 계남은 내심 산이를 서울로 보내고 싶은 마음이 없었다.

당시 계남은 무업과 농사일을 겸하고 있었다. 어느 토요일, 산이가 학교 갔다 집에 일찍 돌아왔다. 마당에는 짚단이 한가득 쌓여있고 아버지는 지붕 위로 올라가 초집을 이고 있었다. 몇 시간 후 계남은 마당으로 내려와 땀을 뻘뻘 흘리며 담벼락 위에 올릴 영을 엮었다. 산이는 아버지를 유심히 바라보다가 자신도 해 보고 싶은 생각이 들었다.

"아부지, 나도 해 보고 싶소."

"그래? 오냐, 이리 오니라."

아버지를 따라 해 보았지만, 산이에게는 아직 버거운 일이었다. 계남은 웃으며 말했다.

"넌 새끼줄부터 꽈 봐라. 자, 이렇게 요렇게."

계남은 열심히 가르쳐 주려고 시범을 보였고 산이도 노력했지만, 울퉁불퉁 새끼줄 모양새가 영 엉망이었다. 계남은 미소를 지으며 칭찬을 아끼지 않았다.

"오냐, 그래도 처음치고는 잘 꼰 것이다."

그러면서 산이가 꼰 새끼줄을 자신이 꽈 놓은 새끼줄 위에 살포시 올려놓았다.

"아부지, 내 새끼줄이 엉망인디 그냥 쓸라고 허시오?"

"오냐, 니가 꼰 한 자가 내가 꼰 열 자보다 낫다."

산이는 '낫다'는 아버지의 말에 기분이 흐뭇해졌다.

얼마 후 앞 마당에 상이 차려졌다.

"아부지, 왠 상이다요?"

산이의 질문에 계남은 말했다.

"초집을 이었어도 도신[37]하는 법이다."

계남은 그날도 어김없이 농사일을 마무리하고 오후에는 짬이 났는지 깔[38]을 베러 유바탕에 올랐다. 깔을 다 베어 놓고 품에서 피리를 꺼

37) 빈다는 뜻.

38) 아궁이에 불을 지피기 위해서 땔감으로 사용한 마른 억새 풀. 전라도 방언.

내 든 계남은 해가 넘어가는 줄 모르고 피리연습에 열중했다. 날이 어두워지자 산이가 저만치 아래에서 계남을 부르며 올라왔다.

"아부지, 엄마가 오시라 허요"

"오냐 핑 가자."

계남은 산이를 데리고 산에서 내려왔다.

1970년 란이가 능주극장에서 열리는 콩쿠르 노래자랑에 나가는 날이었다. 잠정리 대표로 선발된 란이는 흰 드레스를 입고 무대에 올랐다. 예선에서 란이는 이미자 노래인 '기러기 아빠'를 불렀다. 관객들은 모두들 눈물바다가 되었다. 무사히 본선에 오른 란이는 역시 이미자의 노래 '섬마을 선생님'을 불렀다. 많은 사람들로부터 박수갈채를 받고 결국 우수상을 수상했다.

콩쿠르대회가 끝이 나고 집에 돌아온 란이는 냄비를 부상으로 타왔다며 자랑했다. 정녀는 크게 기뻐했다. 잠시 후, 사내가 계남의 집으로 들어오더니 란이를 서울로 데려가 노래를 시키고 싶다고 했다. 계남과 정녀는 놀라서 아직 어리다며 거절했다.

계남의 피리 소리

계남은 쉬는 날이면 악기를 만들거나 손질하여 피리, 젓대 부는 것이 일상이었다. 계남의 집은 길갓집이어서 연습하는 악기 소리가 대문 밖까지 새어나갔다. 동네 사람들과 모르는 행인들은 악기 소리를 듣고 집으로 들어와 아랫마루에 걸터앉아 무심코 듣다가 가곤 했다. 어떤 행인들은 마루에 앉아 한참을 듣다가 잘 들었다며 선물을 사다 주기도 했다.

어느 날 허름한 옷차림에 정신이 흐리다고 소문난 동네 젊은 청년도 종종 집으로 들어와 아랫마루에 걸터앉아 계남의 젓대 소리를 듣고 가곤 했다. 그런데 어느 때부터인가 그 청년은 보이질 않았다. 수개월이 지나서야 그는 쌀을 담은 작은 봉지를 들고 찾아왔다.

"그동안 소리를 듣고 마음의 위안이 많이 되었소. 그냥 가기가 뭐해서… 성의니 이것이라도 받아 주시오."

계남은 산이를 시켜 술을 받아 오게 하고 청년을 안방으로 들였다. 무슨 말이 오갔는지 청년은 하직 인사를 하는 사람처럼 계남에게 감사의 큰절을 하고 길을 떠났다. 계남은 집 밖으로 나가 청년을 배웅하고 청년의 모습이 사라질 때까지 한참을 서 있었다.

나중에 안 사실이지만 고아로 자랐던 청년은 삶이 어려워 죽을까 하고 몇 번을 마음먹었는데 계남의 피리 소리를 듣고 큰 위로를 받아 공장에 취직하였고 부산으로 떠나기 전 계남에게 인사를 전하러 왔다고 했다.

▲ 조계남이 악기 만들 때 사용한 연장.

일상의 음악활동

계남은 공휴일이 되면 자식들을 데려다 춤, 소리, 장단을 가르쳤다. 어린 자식들은 영문도 모른 채 따라 배우고 그런 자식들을 보며 흡족해했다. 하지만 종엽이 그랬던 것처럼 계남 역시 커가는 자식들에게 자신의 기예를 가르치는 일이 올바른 것인지에 대한 갈등이 많았다. 자식들이 음악을 익히다 보면 자신의 대를 잇는 무속인이 되어 또다시 사람들로부터 손가락질당하는 일을 대물림하게 될까 걱정이 앞섰기 때문이다.

그 후부터 계남은 셋째 아들과 산이가 능주집을 찾을 때 가끔 북, 장구를 가르치기만 할 뿐 더 이상 자식들에게 강요하지 않았다. 그는 어린 자식들을 일찍 서울로 올려보내 고등학교, 대학교를 마치게 했고 안정된 삶을 살아가게 하고 싶었다.

그럼에도 불구하고 계남의 집에는 피리, 젓대 소리가 끊이질 않았다. 그가 박기채, 안사차, 조동선, 조도화, 조양금을 자주 집으로 초대하여 음악을 쳤기에 자식들은 자연스레 음악을 접할 수밖에 없었다. 나중에 풀어먹든 그렇지 않든 자식들이 음악을 듣고 자란 것만으로 계남은 충분하다고 생각했다.

계남은 추석날에도 친인척들을 불러 놓고 음악 치기를 즐겼다. 어느 추석날 친인척들은 분주히 성묘를 마치고 오후 시간이 되자 그의 집으로 하나둘 모여들었다.

계남은 마당에 덕석을 깔아 놓고 장기자랑 시간을 가졌다. 어린 자녀들을 모아 놓고 춤과 노래, 악기, 이야깃거리 등 각자 배웠거나 가지고 있는 솜씨를 자랑하는 흥겨운 시간이었다.

원이와 산이는 차례로 계남에게 배웠던 소리와 장단 솜씨를 자랑했고 다른 아이들도 꽹과리, 징, 장구, 리코더, 하모니카 등 다양한 악기를 들고나와 기량을 뽐냈다. 장기자랑이 끝나자 아이들의 긴장된 표정 사이로 어른들의 심사평이 이어졌고 순위가 정해졌다. 1등은 공책 1권, 2등은 연필뿐이었지만 그 순간만큼은 왠지 모를 긴장감이 가득했다.

날은 금세 어두워졌고, 이제 어른들의 차례로 박기채, 안사차, 조계남, 박정녀, 조양금, 조도화 순으로 소리가 시작되었다. 사차가 징을 잡으며 우리 집안끼리 이런 자리를 오래오래 갖자는 이야기를 노래로 풀어 불렀다. 이어받은 계남은 장구를 치며 신청에 관한 이야기를 노래로 풀어 불렀다. 그렇게 추석 밤은 깊어만 갔다.

늦가을이 되면 계남은 겨울 대비를 위해 군불용 땔감 나무를 하러 자주 유바탕에 올랐다. 유바탕은 예로부터 아버지인 종엽과 소리 공부하는 사람들이 자주 찾았던 추억의 장소였으며, 유언에 따라 부모님 묘소를 안장한 곳이기도 했다. 계남은 마음이 적적할 때마다 이곳을 찾았다.

그날도 그는 유바탕에 올라 한바탕 소리 공부를 하고 품에서 피리를 꺼내 들었다.

"뒷 뛰~"

산속에서 피리를 불며 열공하는 계남의 모습은 살기 위한 몸부림이자 삶 그 자체였다.

▲ 조종엽이 능주 신청 봉안을 태웠던 영벽정 아래 지석강변.

어머니의 비방법

1971년 원이와 산이는 옆집 아이들과 마당에서 신나게 놀고 있었다. 원이는 모래 더미 위에서 산이를 들어 던졌다. 미끄러지면서 큰 돌에 산이의 왼쪽 얼굴이 홀라당 벗겨지고 피가 흐르기 시작했다. 놀란 원이는 어머니 몰래 옆집으로 산이를 데리고 가 빨간 약을 발라주며 당부했다.

"이거 바르면 며칠 후 금방 나을 것이여…아버지 엄니한테는 절대 말하지 말기다!"

형의 손바닥으로 얼굴에 약물이 적셔지자 산이의 얼굴 전체가 쓰라리고 화끈거렸다. 상처 부위를 붕대로 덮은 후 안 보이게 하려고 투명테이프로 고정시켰다.

산이는 슬그머니 집에 들어가 마당에 계시는 어머니를 발견했다. 어머니 등 뒤로 살금살금 걸어가는데 어머니가 무엇인가 쳐다보고 계셨다. 고개를 돌려 보니 마당 가운데에서 꽃뱀이 똬리를 튼 채 혀를 내두르고 있는 것이 아닌가. 산이는 찌푸린 얼굴로 물었다.

"엄마, 저 뱀이 어디서 나왔다요?"

정녀는 부엌 찬장에서 김치가 담겨 있는 사기그릇을 꺼내 오라고 일렀다. 얼마 지나지 않아 뱀은 밭쪽으로 기어가더니 옆집 땅속으로 다시 기어들어 갔다. 정녀는 뱀이 들어가는 길목에 반찬 그릇을 내 던져 깨뜨렸다. 이것이 뱀이 다시 나오지 말라는 비방이라는 말도 덧붙였다.

"니, 얼굴이 왜 그 모양이냐."

이윽고 정녀가 산이의 얼굴을 보고 놀라 물었다.

"넘어져서 그랬어라우~."

산이의 얼굴을 살피던 정녀는 아들의 한쪽 얼굴 전체가 붕대로 덮여 있는 모습이 수상하다고 느꼈다.

"아이고, 엄마를 바보로 아네."

정녀는 투명 테이프를 하나하나 떼고는 걱정스런 표정을 짓더니 더 이상 묻지 않았다.

뒤늦게 집에 들어온 원이는 머뭇거리다가 동생이 안 되어 보였는지 이실직고를 했다.

"성, 얘기하지 말람서 얘기를 해 부냐?"

원이는 동생의 말에 씩 웃고 말았다.

다음날 정녀는 산이를 약국으로 데려가 치료를 받게 했다.

집에 들어가 저녁밥을 먹을 때였다. 군대 갔던 둘째 아들 웅이가 군에서 전역을 하고 고향집으로 돌아왔다. 계남은 고향에서 한동안 생활하던 웅이를 데리고 서울로 올라가 종로 5가 한 한옥집을 찾아갔다. 그 집에는 여러 가지 악기가 방안에 비치되어 있었다.

계남과 웅이는 젊은 여인의 안내를 받으며 안방으로 들어갔다. 방에는 팔십 가까이 되어 보이는 노인 한 분이 누워있었다. 부인인 듯한 여인은 누워있는 노인을 간호하고 있었다. 노인은 계남과 친분이 있었던 사이처럼 보였다.

"어떻게 여기까지 왔는가?"

노인은 계남을 보더니 반갑게 맞이했다. 계남은 둘째 아들 웅이를 소개하면서 아쟁을 가르쳐 달라고 부탁했다. 계남이 아쟁을 처음 접한 것은 능주의 김용철 때문이다. 언젠가 용철은 아쟁을 가져와서 계남에게 보여 준 적이 있다.

"작은아버지, 이것이 아쟁이라고 허는 건디 들어 보실라요?"

"음, 이런 기구도 있었구나."

용철의 아쟁 켜는 소리를 듣던 계남이 흡족해했던 적이 있었다. 이를 계기로 웅이에게 아쟁을 가르쳐볼 생각으로 노인을 찾은 것이었다. 그런데 노인은 자신의 몸도 못 가눌 형편이라며 자신의 처지를 한탄했다.

1971년 눈이 많이 쌓인 한겨울이었다. 계남 부부는 평상시처럼 화순으로 일하러 갔다. 버스를 타고 돌아오다 동복재 내리막길에서 그만 버스가 미끄러지고 말았다. 아찔한 낭떠러지로 미끄러지던 버스는 다행히 대나무밭에 대롱대롱 걸려 타고 있던 사람들과 계남 부부는 구사일생으로 살아 집으로 돌아올 수 있었다.

아버지의 득그물[39]

1972년 2월 여고를 졸업한 덕이는 서울시 공무원시험에 합격했다. 이 소식을 전해 들은 계남은 너무 기쁜 나머지 감나무 밑에서 감격의 눈물을 흘렸다. 덕이는 서울 원호청으로 발령이 났고 그곳에서 직장생활을 시작했다.

그해 여름, 어느 토요일이었다. 초등학교에 다니던 산이가 학교를 마치고 집에 돌아왔다. 산이 아버지는 마당에서 그물을 짜고 계셨다.

"아버지, 고기 잡으러 가시오?"

아버지는 웃으며 아니라고 하셨다.

"산이야, 이것이 뭣인 줄 아냐? 득그물이라는 것이다. 할아버지한테 배운 것이라 짜는 법을 잊어버릴까 봐 짜보는 것이란다."

산이는 아버지의 그물 짜는 솜씨를 물끄러미 바라보며 신기해했다

"너도 한번 와서 짜봐라."

산이는 아버지가 시키는 대로 열심히 그물을 짜보았지만 잘 되질 않았다. 마침 학교에서 돌아온 원이가 자신이 그물을 짜보겠다며 나섰다. 원이와 산이는 호기심이 발동하여 몇 번씩 번갈아 가며 그물을 짰다. 시간이 갈수록 이내 싫증이 났다. 아버지는 빠른 손놀림으로 그물

---

39) 들어 올려 물고기를 한꺼번에 잡는 그물. 들그물의 전라도 방언.

을 완성하고, 완성한 그물을 양쪽으로 펼친 다음 마른 대나무를 매달아 쪽대를 완성했다.

"아버지는 어디서 그물 짜는 것을 배웠당가요?"

"할아버지한테 배웠제."

계남은 만든 득그물을 들쳐 매고 두 아들과 함께 냇가로 나갔다. 양쪽으로 대나무를 박아 놓고 그물에 진흙과 된장이 섞인 떡밥을 발라 위장을 했다. 그리고 물속에 그물을 쳐 놓았다. 얼마 안 있다가 계남은 그물을 들어 올렸다. 그물 안에는 햇빛에 반사되어 파닥이는 은빛 물고기들이 한가득 들어있었다. 계남은 물고기가 너무 작다며 강물에 모두 던져주었다. 아이들은 더위를 식히려고 물장구치며 해가는 줄 모르고 놀았다.

다시 토요일이 돌아왔다. 산이는 집에 돌아온 형과 함께 아버지가 만들어 주신 쪽대를 챙겼다. 큰 냇가로 빨래하러 가시는 엄마와 누나를 따라가기 위해서였다. 엄마는 빨래를 한가득 다라에 이고, 누나는 다슬기 잡을 그릇과 주전자를 들고, 형과 나는 쪽대를 번갈아 메고 큰 냇가로 향했다. 쨍쨍 쬐는 초여름 날씨 속에 우리는 모두 논길을 즐겁게 걸어갔다.

햇빛 가득 안은 풀냄새, 바람에 흐늘거리는 수양버들, 길가의 노란 민들레꽃들이 우리를 반기듯 피어 있었다. 산이는 노래를 흥얼거리면서 뒤따라 걸어오는 형을 놀려주고 싶었다. 풀을 엮어 놓고 뒤에서 오는 형이 발목에 걸려 넘어지기만을 기다렸다. 드디어 형은 넘어지고 약이 올랐는지 산이를 넘어뜨리기 위해 풀을 몰래 엮어 놓았다. 하지만 이번에는 옆구리에 다라를 끼고 가던 누나가 대신 넘어졌다. 그러나 누나는 아랑곳하지 않은 채 엄마 옆을 벗어나지 않았다.

냇가에 도착하자 냇물이 우리를 기다렸다는 듯 넘실댔다. 아주머니들은 여기저기서 빨래를 하고 아이들은 물장구를 치며 놀고 있었다. 평화로운 강가의 풍경에서도 엄마는 바쁘게 빨래를 했다. 나와 형은 누가 먼저랄 것도 없이 풍덩 풍덩 물에 몸을 적시고 가져온 쪽대를 들고 고기를 잡느라 열중이었다.

함박조개를 들어 올리며 자랑하던 누나는 어느새 다슬기를 잡아 엄마에게 건네주었다. 엄마는 너무 작다며 살려 주라 하시고, 나도 형과 잡은 작은 물고기를 풀어 주었다.

“깊은 물에 들어가지 말아라.”

한사코 염려하시는 엄마로 인해 나와 형은 마지못해 얕은 물가에서 고무신과 수건으로 작은 물고기를 떠올리며 한참을 놀았다.

해가 저물고 빨래하는 아주머니들이 하나둘 사라지는 오후가 되었다. 누나는 엄마 옆에서 빨래를 거들고, 큰 다라 안에는 어느새 빨래가 수북이 쌓였다. 기우뚱하며 무거운 빨래를 한가득 머리에 이는 엄마는 천하장사 못지않았다.

돌아올 때 냇가엔 붉게 반짝이는 노을빛이 아롱다롱 출렁거렸다. 냇가를 뒤로하고 우리는 그렇게 엄마를 따라 집으로 향했다.

기남의 임종

1972년 산이가 초등학교 3학년이 되었을 때의 일이다. 계남은 산이를 앉혀 놓고 피리 부는 방법을 가르치고 있었다.

"아부지가 항상 부시는 피리 가락은 그냥 지어 부르시는 거요?"

산이는 궁금했다.

"아니다. 이것이 시낭우[40]라고 하는디 혼신을 달래주는 가락이다."

'시낭우, 시낭우…….' 하고 중얼거리는 산이의 호기심이 계남을 자극했는지 계남은 산이에게 피리 만드는 법을 세세하게 가르쳐 주었다.

피리 서를 만들기 위해 신호대 토막을 물에 담가놓았다가 칼로 깎고 그걸 밥솥에다 쪄서 정성껏 구리선을 감는 방법까지 열의를 다 해 가르치던 중 서울에서 전보가 왔다. 서울에 사는 기남 형님이 위독하다는 내용이었다.

계남은 서둘러 서울로 올라갔다. 병석에 누워있던 기남은 간신히 계남을 알아보고 손을 잡더니 고개를 몇 번 끄덕이고는 숨을 거뒀다. 기남은 물 한 모금 못 마시고 "동생, 언제 오느냐?"며 계남만 찾으며 일주일째 눈을 감지 못했다고 했다.

40) 시나위

산이의 주먹다짐

1973년 토요일 봄날, 산이는 초등학교 4학년이 되었다. 학생들은 운동장에 모여 매일 아침 시행하는 아침체조를 하기 위해 율동 음악을 기다리고 있었다. 잠시 후 교장 선생님이 나오자 학생들은 웅성거리기 시작했다.

그 뒤에 양복 입은 사람이 따라 나왔기 때문이었다. 산이는 멀리 보이기는 했지만, 아버지인 줄 대번에 알아차릴 수 있었다. 아버지는 구령대 위로 올라가시더니 미리 깔아 놓은 멍석 위에 양복 윗도리를 벗어 놓고 하얀 와이셔츠차림으로 앉아 새납을 꺼내들었다.

잠시 후 율동 음악이 흘러나오고 아버지는 율동 음악 선율에 맞춰 들고 있던 새납을 불기 시작했다. 지금 생각해보면 당시 아버지는 태평소를 율동 음악에 맞춰 연주할 정도로 태평소 연주실력이 대단했던 것 같다. 그렇게 얼마 동안 아침체조 시간이 되면 아버지의 태평소 가락이 흘러나왔다.

그 모습을 본 산이의 같은 반 친구 관이가 "단골래 단골래"하고 놀려 댔다. 산이는 이 '단골래'란 친구의 말이 욕보다 더 치욕스럽게 들렸다. 도저히 참을 수 없었던 산이는 도망치는 관이를 교실 안까지 쫓아갔다. 가까스로 관이의 뒷덜미를 잡은 순간, 수업 시작종이 울렸다. 산이는 관이에게 선전포고를 했다.

"너, 수업 끝나고 운동장으로 나와 나랑 한판 붙자."

관이도 좋다며 흔쾌히 받아들였다.

마침내 1교시 수업이 끝나고 산이와 관이는 말없이 운동장으로 나갔다. 어느새 소문이 퍼졌는지 구경하려는 친구들도 하나둘씩 모여들어 스탠드를 가득 메웠다. 산이는 두 주먹을 불끈 쥐고 자세를 잡았다. 관이도 따라 두 주먹을 올리며 싸울 자세를 취했다.

능주에서는 유명한 싸움꾼으로 소문난 한수아저씨가 있었다. 산이는 문득 그 아저씨가 일러 준 말이 떠 올랐다.

"싸움에서 이기는 법은 무조건 기선제압이여!"

착한 친구 관이었지만 오늘만은 봐 줄 수가 없었다. 당시 싸움에는 우리들만의 규칙이 있었다. 하나는 낭심과 얼굴은 때리지 않는 것이고, 또 하나는 몸싸움을 하지 않는 것이었다.

드디어 싸움은 시작되었다. 몇 번을 서로 치고 차고를 하는데 산이의 셋째 형과 관이의 형이 스탠드 위에 올라앉아 서로 자기 동생을 응원하고 있었다. 둘은 개인의 싸움이 아니라 이미 가문의 싸움으로 번져버렸다.

산이는 있는 힘을 다해 관이의 다리를 걷어찼다. 관이는 산이의 몸을 걷어차려다 넘어졌다. 관이가 다시 일어나자 둘은 주먹으로 난타전을 벌였다. 갑자기 관이의 형이 내려와 싸움을 말리기 시작했다. 관이의 코에서 피가 흐르고 있었기 때문이다. 다시 수업 시작종이 울렸다. 관이의 형은 관이를 화장실로 데려가 코피를 씻고 휴지로 코를 막아주었다. 산이는 관이에게 미안한 마음이 들었다.

집에 돌아온 셋째 형은 산이에게 "너 잘 싸우더라."하고 즐거워했다. 산이는 관이에게 미안한 생각이 들어 기분이 좋지만은 않았다. 산이는 다음날 학교에 가서 관이에게 사과해야겠다고 생각했다.

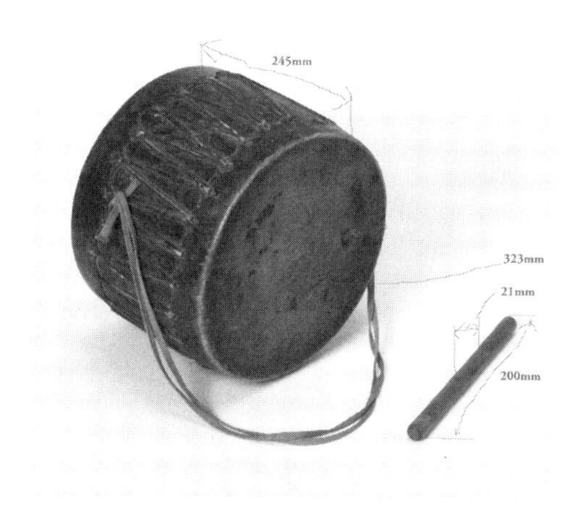

구렁이 출현

1977년 어느 봄날 동네 아주머니가 황급히 대문 안으로 들어왔다.

"웅이 엄니! 웅이 엄니!"

정녀는 빨래를 하다 말고 마당으로 나갔다.

"무슨 일인가?"

"큰일 났소. 빨리 같이 가 봅시다."

정녀는 대문 밖으로 나갔다. 동네 사람들이 웅성웅성 모여 있었다. 사람들을 헤집고 들어가보니 낮은 담장 위에 큰 황구렁이가 길게 늘어져 있었다. 놀란 정녀는 눈을 의심하며 살펴보았다. 한눈에 봐도 예사롭지 않은 구렁이었다. 밝은 황갈색을 띠고 있는 구렁이 몸 빛깔, 붉은 닭벼슬을 한 머리 모양, 그 모습은 가히 신비스럽기까지 했다. 정녀는 구렁이를 향해 '왜 이곳까지 나오셨냐'며 노여움을 푸시고 제자리로 돌아갈 것을 연신 빌었다. 한참을 빌다 보니 구렁이는 온데간데없이 사라졌다.

그 후 며칠이 지났을까. 새벽녘에 옆집 방앗간에서 불길이 무섭게 솟아오르고 있었다.

'업이 나가더니 이런 재앙이 생겼구나'

정녀는 혼잣말로 중얼거렸다. ₩동네 사람들이 물을 끼얹으며 분주히 움직였지만, 방앗간은 완전히 복구할 수 없을 정도로 소실되고 말았다.

1979년 계남의 모친인 정홍의 제사가 있던 날, 도화가 찾아 왔다. 도화가 마루에 앉아 홍어 한 접시 먹고 있을 때 산이는 밖에서 놀다 집에 들어왔다. 도화는 산이에게 장난을 치고 싶었다.

"산이야, 이리 와 봐라. 사내대장부는 이것도 먹을 줄 알아야 하는 것이여."

도화는 산이에게 길게 늘어진 수상한 것을 건넸다.

"이것이 뭣인디오?"

"그냥 입에 넣어 봐라. 맛있어야~. 아~"

도화는 산이에게 입을 벌려 보라 하고는 젓가락으로 늘어진 홍어를 입에 넣어 주었다. 입에 미끄러지듯 들어가는 기분이 영 찝찝했지만, 산이는 무심코 씹었다. 순간, 입안에서 폭발하듯 고약한 맛이 났다.

"으악!"

산이는 홍어를 내뱉으며 물었다.

"이것이 뭣이다요?"

"잉. 삭힌 홍어 창자여야. 맛이 어쩌냐?"

산이는 옆에서 웃고 계신 형님이 얄미웠다. 그 후부터 그는 홍어를 한동안 먹지 못했다.

오후가 되자 계남은 밤을 치기 시작했다. 산이는 자신도 해 보겠다며 작은 과도를 들고 나섰다. 밤을 치고 있던 계남은 제사 때 밤은 꼭 쳐서 올리는 것이라며 산이에게 일러 주었다.

아버지의 존재

1979년 3월 고등학교에 입학한 산이에게 선도부 역할이 주어졌다. 산이는 선도부 깃대를 잡고 봉 돌리기를 시도하다 깃봉을 시멘트에 부딪쳐 분질러뜨렸다. 대장간 아저씨를 잘 알고 있었던 산이는 아저씨를 찾아가 부러진 깃봉을 땜질하고자 했다. 하지만 깃봉은 땜질이 되지 않는 특수금속이었다. 결국, 집으로 들고 와 걱정을 하고 있던 차에 밖에서 일을 보고 돌아오신 아버지는 걱정 가득한 산이를 보더니 입을 열었다.

"걱정 마라, 나가서 때워 오마."

그러고는 곧장 깃봉을 들고 어디론가 나가는 것이었다.

'동네에 가서 손 봐 오시려나…….'

그러나 해가 지도록 아버지는 돌아오지 않았다. 산이는 아버지를 생고생시킨다는 생각에 자책했다. 밤이 되어서야 돌아온 아버지는 동네에는 기술이 없어 남광주까지 나가서 고쳐 오느라 늦었다고 했다. 순간, 산이는 처음으로 아버지의 든든함을 느꼈다.

1979년 4월 란이는 서울 영등포 한 예식장에서 결혼식을 올렸다. 란이는 언제부턴가 학생이었던 산이에게 자신을 오랫동안 쫓아다니는 남자가 있다며 남자가 어떤지 봐달라고 했다. 그렇게 셋은 서울 영등포역 커피숍에서 함께 만났다. 산이의 눈에는 남자가 썩 마음에 들지는 않았다. 남자가 화장실에 간 사이 란이는 산이에게 살짝 물었다.

"산이야, 어떠냐?"

"잘 모르겄네."

산이는 누나의 마음이 상할까 봐 조심스럽게 말했다.

"누나가 좋다면 어쩔 수 없지……."

남자는 시청 공무원이었고 란이는 000동 동사무소를 다니고 있었다. 그 후 란이는 남자를 데리고 부모님께 인사를 시키기 위해 고향집을 찾았다.

정녀는 란이에게 '남자의 인상이 좋지 않다.'며 다시 한 번 생각해 볼 것을 주문하고 반대 의사를 밝혔다. 계남은 딸 의사를 존중했다.

"본인이 좋다 하는디 우리가 말린다고 될 일인가."

그렇게 그해 봄, 두 사람은 결혼식을 올리게 된 것이다.

란이는 단칸방에서 신혼살림을 시작했다. 얼마 지나지 않아 남자가 의처증세를 보였고 이 사실을 알게 된 란이는 누구에게도 말을 못 한 채 아랫배가 불러오고 있었다. 란이는 산이를 볼 때마다 말했다.

"산이야, 뱃속 아이 이름을 무엇으로 지은 줄 아냐?"

"어떤 이름으로 지었는디?"

"니 이름하고 비슷하게 석으로 지었다. 석이."하며 좋아했다.

란이는 배가 불러오는 상황에도 신랑에게 언행과 행동을 조심해야 했다. 날이 갈수록 이 상황을 견디다 못했던 란이는 언니 덕이를 찾아가 원정을 하기도 했다. 언니는 "참고 살아라."라며 제부를 찾아가 타

이르는 말 외에 해 줄 것이 없었다. 어진 성품에다 착하고 밝았던 란이는 얼굴에 수심이 가득했다.

1979년 한천농악의 노승대는 계남을 찾아와 자신이 '제1회 전국농악경연대회'에 참가하게 되었다며 새납수 역할을 해 줄 것을 부탁했다. 그 후로 계남은 한천농악의 지정 새납수로 수년간 활동했다. 하지만 계남은 밤낮으로 일을 하러 다녀야 하는 형편이어서 농악에만 열중할 수 없었다. 그래서 노승대 일행을 능주로 불러들여 새납수를 직접 가르치는가 하면 징, 장구, 꽹과리 등 타악 전반을 가르치고 지도했다. 이때 계남의 새납가락이 주목받으면서 전두환 전대통령의 광주 방문 때 새납수 역할을 하는 등 많은 이들이 1970년~1980년대에 거쳐 전라도는 물론 서울 등 각 도처에서 그의 태평소 가락을 녹취해 가기도 했다.

1979년 어느 토요일이었다. 산이는 학교 수업을 마치고 서둘러 집으로 왔다. 토요일에 방송하는 'MBC 10대 가수 가요제'를 재방송으로 보기 위해서였다. 여유롭게 방송프로를 보고 있던 산이 곁에 앉아있던 계남이 갑자기 일어나더니 텔레비전 쪽으로 다가가 전원을 꺼버렸다. 그때 도화가 방안으로 들어와 산이에게 텔레비전을 켜보라고 했고, 산이는 시키는 대로 이리저리 채널을 돌렸다. 멈춘 채널에는 'KBS 국악한마당'이 방영되고 있었다. 도화는 다른 곳에서 이 국악 프로그램을 보다가 함께 보고 싶은 마음에 당숙인 계남의 집으로 들어온 것이다. 도화는 '오갑순이 나왔다'며 좋아했다.

한 주가 지나고 다시 토요일이 찾아 왔다. 산이는 텔레비전을 보기 위해 부리나케 집으로 달려와서 텔레비전을 켰다. 어김없이 '10대 가요제'가 방영되고 있었다. 원이와 산이는 방바닥에 배를 깔고 누운 채 발을 동동 굴리며 재미있게 보고 있는데 또다시 계남이 안방으로 들어오더니 어김없이 텔레비전 전원을 꺼 버렸다. 아버지가 텔레비전을 끄신 이유는 딴따라 음악 말고 우리 전통음악을 하라는 암시였다. 산이는 이러한 아버지의 행동이 얄미워 어머니에게 이르곤 했다.

"주말의 영화는 언제 하냐?"

저녁 시간이 되어 수사반장 프로그램을 보던 중 아버지가 산이에게 물었다. 아버지는 다른 프로그램에는 관심이 없었지만, 인디언이 나오거나 배우들이 말 타고 싸우는 서부 영화는 참 좋아하셨다. 그때부터 산이는 주말의 영화가 아버지와 함께 보는 유일한 프로가 되었고 주말 저녁만 되면 마음 놓고 텔레비전을 볼 수 있었다.

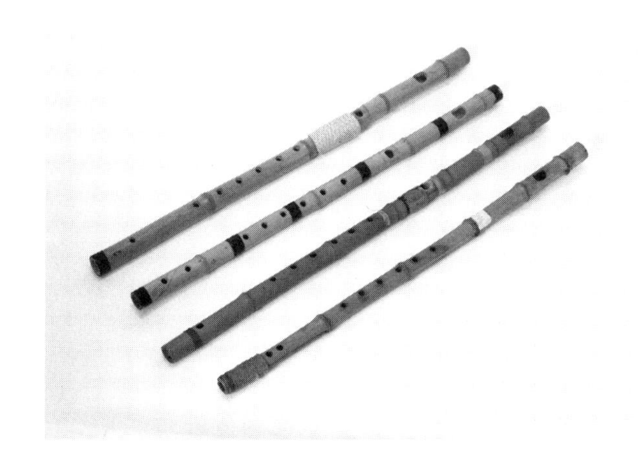

광주항쟁

1980년 5월 5.18 광주항쟁이 일어났다. 당시 원이는 광주에서 대학을 다니고 있었다. 학교를 마치고 집으로 돌아오는 길, 도청 근처에서 학생인 듯 보이는 젊은 사람들이 누군가에게 쫓기듯 뛰며 지나갔다. 무심코 지나친 원이는 저만치서 곤봉을 들고 달려오는 군인들을 발견했다. 순간 원이는 놀라 도망치기 시작했고, 군인들은 계속 원이를 뒤쫓아 왔다. 골목길로 접어들어 있는 힘을 다해 뛰었지만, 군인 2명은 계속 따라 붙어왔다.

막다른 골목에 다다르자, 지하다방 간판이 보였다. 할 수 없이 지하로 들어갔지만 셔터문이 닫히고 있었다. 군인들한테 쫓기고 있으니 잠시 몸을 숨겨 달라 부탁하는 원이의 목소리에 누군가 나오더니 서서히 셔터문이 열렸다. 컴컴한 지하다방에는 몇몇 사람들이 몸을 숨기고 있었다. 그러나 군인들이 다방 셔터문 앞까지 쫓아와 문을 마구 두드려 결국 주인은 문을 열어 줄 수밖에 없었다. 군인들은 주인에게 물었다.

"방금 대학생 안 들어 왔습니까?"

그러자 나이 지긋이 먹은 노인이 나와 곤방대로 군인의 화이바 모자를 두드리며 호통쳤다.

"문 닫힌 것이 안 보이냐? 그런 일 없으니 썩 꺼져라!"

군인들은 노인을 위아래로 훑어보다가 곧장 다방 밖으로 뛰어나갔다.

그로부터 일주일 후 군인들은 군용트럭을 타고 젊은 대학생을 잡기 위해 능주 곳곳을 누볐다. 계남은 원이와 산이를 뒤안 짚단 속에 숨겨놓고 무슨 일이 있어도 나오지 말라고 일렀다. 그러나 군인들은 어김없이 집안으로 들이닥치더니 부엌이고 방안이고 샅샅이 뒤지기 시작했다. 마침내 뒤안으로 들어가 짚단을 총 끝의 칼빈으로 마구 쑤시더니 호루라기 소리에 집 밖으로 뛰쳐나갔다.

다음날 오후 2시가 넘은 시각 산이는 학교에서 수업을 듣다가 교감선생님의 다급한 목소리에 정신이 번뜩 들었다.

"빨리 학생들 데리고 피해!"

선생들과 학생들은 학교 산 위 보리밭으로 재빨리 몸을 숨겼다. 멀리 트럭으로 보이는 차량 3대가 먼지를 일으키며 운동장으로 들어왔다. 군인들은 트럭에서 내려 한참 동안 학교를 뒤지는가 싶더니 다시 트럭에 올라탄 후 돌아갔다.

1980년 12월 겨울 전두환이 대통령이 되어 광주에 오게 되었다. 능주면장이 계남을 찾았다. 광주에 대통령이 오는데 환영 행사에 마을 대표로 나가 새납을 연주해 달라는 것이었다. 달갑지 않게 생각한 계남은 이를 거절했다. 하지만 그 후로도 면사무소 직원들은 한밤중에도, 새벽에도 찾아와 대문을 두드리며 간청했다. 할 수 없이 계남은 행사에 참석하여 새납을 불었다.

어느 눈 내리는 날 저녁 계남과 정녀는 원지리로 일을 나갔다. 일이 끝나자마자 화순 준채네로 일하러 가느라 바빠서 능주집을 들르지 못하고 걸어서 화순으로 향했다. 능주집에 있던 변씨는 집에 오기로 한 계남 부부가 돌아오지 않자 걱정이 된 나머지 원이를 데리고 눈길을 헤치며 그들을 찾아나섰다. 원지리에 들어가 굿 한 집을 찾아 당가집 사람에게 물었더니 바빠서 바로 화순으로 일 보러 나갔다고 해 안심하고 집으로 돌아왔다.

▲ 좌측 박정녀를 우측 부군인 조계남이 피리로 바라지 해주고 있는 모습.

산이의 진로 고민

1981년 산이는 고3이 되자 대학 진로를 고민하게 되었다.

어느 날 계남은 피리 서를 깎고 있었다. 산이는 피리 서를 만들고 계신 아버지를 따라 서를 들고 깎는 것을 거들었다. 그런 산이에게 계남은 조심스럽게 물었다.

"젓대를 불어 볼 생각 없느냐? 지금은 하찮고 보잘것없어 보이지만 나중에는 크게 주목받게 될 것이다."

산이는 반감이 들었다.

'아버지가 하신 것을 배우라고?'

내심 고리타분한 국악보다 현대 대중음악에 관심이 많았던 산이였다. 그래도 아버지의 말씀이니 부딪혀 보기는 해야겠다고 생각하며 일요일에 광주 사직공원을 찾았다. 사직공원 안에서 대금을 가르치는 교수님이 있다는 정보를 미리 알았기 때문이다.

부슬부슬 비가 내리는 이른 아침, 사직공원 건물 안으로 들어가자 나즈막한 대금 소리가 들려왔다. 열악한 방안을 살펴보니 나이 지긋한 분이 길다란 대금을 불고 있었다. 방해가 되지는 않을까 하여 연주가 끝나기만을 기다렸다. 가냘프게 내리는 빗줄기가 더해져 혼자 대금을 불고 있는 모습이 몹시 처량해 보였다.

산이는 자신이 앞으로 만나게 될 삶의 모습을 그려 보았다. 자꾸만 실망감이 찾아오면서 여러 가지 복잡한 생각들이 오갔다. 산이는 다시 방안을 들여다보았다. 대금연주는 계속되고 있었다. 한번 들여놓은 길은 돌이킬 수 없을 것만 같은 느낌에 산이는 자리에서 일어나 사직공원을 빠져나왔다. 돌아서면 자신이 다시 찾아올 수 없는 길이라는 것도 알고 있었던 산이는 가랑비 내리는 사직공원을 둘러 보며 생각을 정리하는가 싶더니 어느덧 집으로 향하고 있었다.

안방에서 아버지는 여전히 피리를 불고 계셨다. 산이는 그런 아버지를 물끄러미 보다가 방에서 나와 초등학교 운동장을 한 바퀴 돌았다. 여전히 보슬비가 내리고 있었다. 다시 집으로 들어가니 아버지가 마루에 앉아 기다리고 계셨다. 산이가 먼저 말문을 열었다.

"아버지, 전통음악을 하는 것은 내가 하고 싶은 분야는 아닌 것 같소."

갑자기 계남의 표정이 굳어졌다. 계남은 전통음악의 미래에 대한 확신이 없는 상황에서 산이에게 권하는 것이 조심스러웠다.

'오래전부터 아버지는 자신의 기예를 자식에게 물려주지 않으려고 하셨던 분인 줄 알았는데 본심은 아니었구나. 그동안 사회적으로 홀대시 받으며 살아왔던 자신의 기예를 대물림해 주자니 사회에서 인정받지 못하는 자식이 될 것을 염려해서였구나…….' 하고 산이는 생각했다.

산이는 마음이 복잡했다. 그 이후로 아버지는 산이에게 진로에 대한 얘기를 더 이상 꺼내지 않았다. 하지만 산이는 아버지의 의중과 자신의 진로 사이에서 갈등을 계속할 수밖에 없었다.

잃어버린 족보

1982년 계남은 집안의 잃어버린 족보 찾기를 염원했다. 어느 날 계남은 집안의 가성을 가지고 능주 읍내에 사는 참사 영감을 찾아갔다.

그 영감은 가성을 보더니 무턱대고 자리에서 일어나 계남에게 큰절을 올렸다. 당황한 계남은 엉겁결에 맞절을 하고 영감을 일으켜 세우며 물었다.

"왜 이러십니까?"

"높은 벼슬을 하신 할아버지들이 이렇게 많은데 왜 이런 (무속)일을 굳이 하려 합니까."

영감은 무업을 더 이상 하지 말 것을 권유했다. 그 후로도 참사 영감은 길을 가다 계남을 만날 때면 그에게 깍듯이 허리를 굽혀 인사했다.

"할아버지들이 훌륭하신데 왜 이런 일을 하십니까."

한사코 무업을 하지 말 것을 권유했다. 이런 이유에서라도 계남은 자신의 잃어버린 족보를 반드시 되찾아야겠다고 다짐했다.

집안의 족보가 소실된 이유는 계남의 사촌 형님뻘인 조정만이 집안의 족보가 화순의 창녕 조씨와 다르다는 이유로 족보를 소홀히 했기 때문이다. 당시 정만은 화순 창녕 조씨의 친구들과 만나 집안의 창녕 조씨와 함께 족보를 살펴보는 기회를 가졌다. 다른 화순조씨 친구들의 족보는 모두 같았지만, 집안의 창녕 조씨의 족보는 달랐던 것이다. 크게 실망한 채 집에 돌아온 정만은 아버지인 종률에게 따져 물었다.

"아버님, 왜 우리 집 족보가 틀립니까? 잘못된 것은 아닌지요?"

그렇게 정만은 뿌리 없는 자손이라고 속상해하며 홀로 기생집에서 술을 먹게 되었다. 술에 취한 정만은 술값이 떨어지자 술값 대신 술집에 족보를 맡기고 집으로 돌아왔다. 며칠 뒤 기생집을 찾았을 때는 이미 족보를 잃어버린 후였고, 그로부터 60여 년의 세월이 흘렀다.

마침 도화가 계남의 집을 찾았다. 도화는 담배를 물고 마루에 팔베개를 한 채 누워있었다. 계남은 이 사실을 도화에게 얘기하며 물었다.

"조카, 족보를 다시 만들어야 하지 않겠는가?"

"삼춘, 이제 와서 만들어 뭐하게. 냅 둬 불어요."

"그것이 아니네. 족보가 없으면 밑에 총생들이 힘이 없단 말이시."

계남은 가성이 있어서 만드는데 어렵지 않다며 설득했다. 그러나 도화는 삼촌이 만들든지 말든지 알아서 하라며 자신은 빼 줄 것을 요청했다. 계남은 서운한 마음이 들었다.

사실 도화는 친형인 동선이 세상을 뜬 후 윗대 할아버지가 적어 전해 내려오던 집안의 내력이 적힌 이야기책을 불태워 버린 적이 있다. 당시 이를 안 계남은 상심이 너무 커서 한동안 도화를 보지 않으려고 마음먹었던 적도 있었다. 과거의 일을 생각한다면 미안한 마음에서라도 자신의 뜻을 따라 주리라 생각했거늘 계남은 도화의 이런 태도가 못내 서운했다. 할 수 없이 계남은 가까운 친척들에게 연락하여 족보를 함께 만들 것을 요청했다. 하지만 마음을 같이 해 준 친척들은 아무도 없었다. 결국, 계남은 스스로 족보 만들기에 나섰다.

란이의 유서

1983년 란이는 사내아이를 낳고 고향집으로 내려왔다. 어머니인 정녀는 일 나갈 때마다 란이의 손에 용돈을 쥐어 주며 말했다.

"혼자 있는 동안 굶지 말고, 먹고 싶은 것 다 사 먹어라."

란이는 어머니가 주신 돈을 사용할 수 없었다. 원래 천성이 착하고 검소했지만 더 큰 이유는 어머니의 말을 귀담아듣지 않고 혼인을 했다는 죄책감과 고향으로 내려와 부모님께 걱정을 끼쳐드린 점이 죄송스러웠기 때문이다. 란이는 받아 든 용돈을 자신의 방 이불 속에 차곡차곡 넣어 두었다. 어느 날 정녀는 딸 란이에게 물었다.

"이제 아이 아빠한테 가야 하지 않겠냐."

그러나 란이는 아무 대답이 없었다.

어느 대낮, 란이는 집을 나가 학샘을 거쳐 학교 산 쪽으로 향하고 있었다. 밭에서 일하던 옆집 아주머니(순옥 어머니)가 어디 가냐 물었지만, 란이는 가볍게 목례만 하고 다시 산으로 올라갈 뿐이었다.

그 이후 란이가 실종되었다. 하루가 지나고 이틀이 지나자 계남과 정녀는 모든 일을 접고 란이를 찾아 나섰다. 서울로 올라갔을 것이란 생각에 서울에 살고 있는 둘째 아들 웅이를 앞세워 수녀원과 고아원을 돌며 백방으로 딸을 찾아 나섰다.

계남과 정녀는 끝내 찾지 못하고 웅이와 함께 보름 만에 능주로 돌아왔다. 8월 25일, 막 능주정류장에 도착하자마자 마을에서 방송이 흘러나왔다. 학교 뒷산에 변사체가 발견되었다는 것이다. 계남과 정녀는 가슴이 철렁 내려앉았다. 확인을 해봐야겠다며 내 자식만은 아니길 바라는 불안한 마음을 안고 학교 산으로 올라갔다. 초췌한 모습의 란이는 집을 나갈 때의 옷차림 그대로 싸늘히 누워있었다.

그렇게 란이는 어머니의 반대를 무릅쓰고 사내를 잘못 만난 것에 대한 후회와 죄책감 등 정신적 고통에 휩싸여 극단적인 선택을 하고 말았다. 정녀는 딸을 방치한 죄의식에 쓰라린 가슴을 치며 미안하다고 통곡했다.

뒤늦게 안 사실이지만, 그로부터 얼마 전 란이는 담 너머 일하던 옆집 할머니에게 쥐약을 구하러 갔다.

"어디다 쓸라고?"

할머니의 물음에 란이는 담담하게 대답했다.

"집안에 쥐들이 많아서 쥐 잡으려고요."

할머니는 별 의심 없이 약을 건네주었다. 란이는 이미 이때 목숨을 끊기 위한 준비를 하고 있었던 것이다.

시신을 수습하고 집에 돌아온 정녀는 딸아이가 기거한 작은 방 안에 들어가 한동안 멍하니 앉아있었다. 일어나 딸이 덮었던 이불을 꺼내려 하자 그 속에서 유서로 보이는 종이 한 장과 유서 위에 올려놓은 지폐와 동전이 쏟아져 나왔다. 정녀가 일을 나갈 때마다 굶지 말고 뭐라도 사 먹으라고 준 용돈을 란이는 한 푼도 쓰지 않은 채 이불속에 차곡차곡 모아 두었던 것이다. 정녀는 딸의 유서를 펼쳐 보았다.

아버지 어머니, 죄송합니다.

그동안 보살펴 주셔서 고맙습니다.

저는 먼저 갑니다.

석이는 잊을랍니다.

다음 생에는

아버지 어머니의 좋은 딸로 태어날게요.

아버지 어머니, 그동안 고마웠습니다.

죄송합니다.

정녀는 유서와 돈을 움켜쥔 채 한없이 울었다.

란이가 세상을 뜨고 난 후, 계남은 딸을 잃은 슬픔에 평소보다 담배를 더 자주 피우기 시작했다.

용인 민속촌 방문

1983년 12월 군산에 사는 막내 여동생과 소식이 끊긴 계남은 여동생을 찾아 나섰다. 군산에 가 보니 동생은 이미 세상을 뜨고 조카들만 만날 수 있었다. 조카들은 능주집을 몇 번 왕래하더니 계남의 직업을 알고 난 후부터 더 이상 계남의 집을 찾아오지 않았고, 계남을 만나는 것도 꺼려했다.

1984년 초여름 계남과 정녀는 딸을 잃었다는 죄책감에 모든 일상을 접고 능주를 떠나 상경했다. 계남부부는 그곳에서 아들들의 안내를 받으며 용인 민속촌을 찾았다. 민속촌에 들어서자, 초집으로 지어 놓은 대장간을 지키는 사람이 새납을 보여 주었다.

"아버지도 잘 부르시잖아요."

둘째 아들 웅이가 태평소를 불어줄 것을 권하자 계남은 아니라며 돌아섰다. 대장간 주인이 나서서 한번 불러 줄 것을 다시 요청하자, 망설이던 계남은 마지못해 새납을 들고 불기 시작했다. 민속촌을 찾은 주변 사람들이 어느새 하나둘 계남 주위로 몰려들었다.

새납 연주가 끝난 후 따스한 햇볕을 받으며 민속촌을 둘러보던 계남은 한동안 생각에 잠겨 있었다. 어릴 적 신청에서 음악을 치던 어른들과의 생활이 떠올랐다. 지금껏 선대에서 물려받은 음악적 신념과 누군가에게 물려줘야 하는 자신의 소명을 하루아침에 져버릴 수 없었다. 둘째 아들이 서울에서 같이 살자고 청했지만, 계남은 결국 보름 만에 고향집으로 내려왔다. 그리고 계남 부부는 다시 밤낮으로 굿판을 넘나들었다.

어느 날 정녀는 힘든 몸을 이끌고 저녁 늦게 다른 마을로 손 비비러 나갔다. 새벽이 되자 일 보고 있던 집 주인아주머니가 정녀를 부축하고 집으로 들어왔다. 아주머니는 산이를 향해 말했다.

"어머니가 일을 끝냈는디 횡설수설해 집으로 모셔 왔다."

사실 정녀는 며칠째 잠을 못 자고 일을 나가고 있었다. 정녀는 집에 오자마자 "여기가 어디냐"며 말했고 급기야는 산이에게 "당신은 누구요?"라고 묻기도 했다. 겁이 난 산이는 정신이 돌아오게 하기 위해 얼굴에 찬물을 적시기도 하고 뺨을 때렸지만, 좀처럼 어머니의 정신이 돌아오지 않았다. 결국, 산이는 어머니를 눕힌 채 편안히 잠을 재워 드렸다. 3시간쯤 지났을까. 산이가 밖으로 나가 보니 어머니는 일어나 마당을 청소하고 계셨다. 어젯밤에 있었던 일을 묻자 어머니는 전혀 기억이 나질 않는다고 하셨다.

1984년 가을, 계남과 정녀는 셋째 아들 원이가 군 생활을 잘하고 있는지 걱정이 되었다. 산이를 데리고 셋째 아들이 군 생활을 하고 있는 경기도 파주로 면회를 갔다. 훈련하다 다쳤는지 아들의 한쪽 귀에는 상처가 나 있었다. 초코파이를 먹고 싶다던 아들은 아버지가 사가지고 온 초코파이 12개를 순식간에 먹어 치웠다.

"배가 그리 고팠냐?"

정녀는 안쓰러웠는지 아들의 얼굴을 어루만졌다.

1984년 11월 계남은 몸이 날로 쇠약해지자 대중 앞에 나서기를 꺼려했다. 그러나 부인인 정녀와 함께 대전 한남대학교 초청공연을 시작으로 서울 한양대학교 공연과 인하대학교 단독으로 초청되어 공연을 소화하기도 했다.

1985년에는 서울의 한 민속학자와 그 일행이 조계남 일행들을 인터뷰 하기 위해 능주로 내려와 6개월간 체류하며 밀착 취재에 나섰다.

어느 날 굿을 나간 계남 일행은 자시가 넘어 축시가 되자 모두 지쳐 쉬고 있었다. 난데없이 어디선가 "텅!"하는 소리가 들렸다. 담소를 나누던 사람과 잠시 눈을 붙이고 있던 사람들이 장구 소리에 놀라 일어나며 '누구냐?'라는 시선으로 쳐다보았다. 도화의 장구재비였다. 고풀이굿41)으로 들어가기 전 일의 시작을 알리기 위해 소리를 내 본 것이었다. 놀라 일어나는 사람들을 보고 도화는 실컷 웃고 있었다. "텅!" 소리 한 장단에 사람들은 예사롭지 않은 장구 소리라고 감탄하며 서로 장구를 쳐 보겠다며 장구 앞으로 달려들었다.

41) 열두거리 씻김굿 중의 한 거리로 망자의 한을 고로 푸는 의식.

상처만 남긴 결혼식

서울 큰집 조카 아들 결혼식 날이 다가왔다. 계남과 정녀, 도화, 양금, 장업, 사차 일행은 능주역에서 기차를 타고 오늘 밤에는 큰집 돌집에서 잠을 잔다며 즐거운 마음으로 상경했다. 서울 예식장에 도착한 계남 일행은 모아둔 축의금을 내고 들어가자 난데없이 둘째조카가 언성을 높이며 다가왔다.

"작은아버지! 그러시면 안 되죠. 우리가 무슨 죄가 있습니까?"

조카는 건네준 축의금을 골라내 예식장 바닥에 내동댕이쳤다. 그는 얼마 전 KBS에서 방영했던 '한국의 미'에 집안 어른들의 굿하는 모습이 방영된 것을 보고 집안의 망신거리라며 화가 난 것이었다.

"작은아버지한테 이러면 쓰나요."

질부들이 밖으로 나오며 조카들을 말렸다. 그래도 둘째조카는 개의치 않으며 소리쳤고 큰조카도 말을 거들었다.

"계속 이러시면 할아버지 할머니 제사도 지내지 않을 겁니다!"

계남은 큰댁의 조카들이 제사를 지내지 않겠다는 말에 놀라 아무 말도 할 수 없었다. 정녀는 바닥에 흐트러진 돈봉투를 주우며 눈물을 흘렸고 동행했던 양금, 사차도 서운함과 서러움에 눈물을 훔쳤다. 조카도 끝내 울음을 참지 못했다. 이윽고 둘째조카는 작은아버지인 계남에게 죄송하다며 자신의 행동을 후회했다.

“저희는 서울에 올라와서 정착해 살아보려고 고생 고생을 해서 이제야 살만한데, 또 TV에 나오시면 어쩝니까…….”

화가 누그러진 듯 둘째조카는 계남에게 서울에 올라와 같이 살기를 청했다.

사실 50~60년대에도 조카들은 상경하면 새끼줄만 쳐 놔도 내 땅이 된다면서 계남에게 서울로 올라올 것을 제안했다. 그러나 아버지 종엽과 생활해 오던 삶의 터전을 버리고 능주를 뜬다는 것은 계남에게는 터무니없는 소리였다. 그는 집안의 대소사를 항상 큰집 조카들과 상의를 해왔기에 형제와 다름없다는 믿음을 가지고 있었다. 계남은 서운한 마음이 들었지만, 조카들의 마음 역시 이해하고 있었다.

혼불

1985년 10월 9일 군에 입대했던 산이는 15개월 만에 3박 4일 일정으로 첫 휴가를 나왔다. 고향집에 들어서자 아버지, 어머니와 변씨 큰어머니가 반갑게 맞아 주었다. 이틀 밤을 지내고 휴가 마지막 날이 되자 큰어머니는 산이에게 평소 안 마시던 소주를 먹고 싶다고 했다.

"몸도 왜소해지셨는데… 몸 상하면 어쩌시려고 술을 드신다고 하세요?"

"얼마 안 마실 거다. 얼마 전에도 소주 두세 잔 마셨다."

산이는 가게에서 소주 한 병과 과자 한 봉지를 사 왔다. 큰어머니는 방 안으로 들고 들어가시더니 연거푸 소주 두 잔을 마셨다.

"큰 엄마, 이렇게 드셔도 속은 괜찮은 거여?"

산이는 걱정스레 물었지만, 큰어머니는 괜찮다고만 하셨다. 내일이면 부대로 복귀하는 날이라 새벽같이 집을 나서야 했기에 산이는 일찍 자리에 누웠다. 큰방에서는 아버지 어머니가 잠을 자고, 건너 아래채 작은 방에는 큰어머니가 홀로 기거했다. 산이는 부모님 방에서 함께 잠을 청했다. 아버지는 여전히 호롱불 밑에서 담배를 태우셨다. 담배 연기가 호롱불 그림자에 아른거렸다.

그날 자정이 채 안 된 시간, 산이는 소변이 마려워 눈을 떴다. 눈을 비비고 일어나 마당 건너편 측간을 가기 위해 방문을 열려고 하자 문

풍지로 붙여 놓은 방문 아래 세살창에서 오른쪽은 빨간색, 왼쪽은 파란색으로 된 형태의 빛깔이 밝게 빛나고 있었다.

'바람도 찬 초겨울에 무슨 벌레인가?'

벌레라고 생각했던 산이는 빛깔을 유심히 바라보았다. 그런데 그 순간, 두 개의 밝은 빛이 나란히 문 위쪽으로 천천히 올라가는 것이었다. 갑자기 놀랍고 무서운 기분이 들었다. 산이는 다급하게 어머니의 몸을 흔들어 깨웠다. 아침저녁으로 일을 나간 탓에 잠에 취한 정녀는 졸린 눈을 비비며 일어났다.

"막둥아, 왜 그러냐?"

"어머니, 문짝을 보시오."

산이는 너무 무서운 나머지 이불을 둘러썼다. 어머니는 아무것도 보이지 않는 듯 의아한 표정을 지으셨다.

"무슨 빛이 보인다고 그러냐. 무엇을 보라는 것이냐."

금세 두 빛깔은 문 중앙쯤 올라가더니 온데간데없이 사라졌다. 산이는 어머니에게 방문을 열어 보기를 청했다. 방문이 열리자 세찬 바람 위로 휘영청 밝은 달빛만이 마당을 환하게 비추고 있었다. 문을 연 어머니와 촛불을 들고 나가 문 뒤쪽을 살펴보았지만, 아무것도 보이지 않았다.

"막둥아, 아무것도 없다. 아버지 엄마는 새벽에 일을 나가야 하니 빨리 자자."

무서워 화장실을 가지 못한 산이는 어쩔 수 없이 요강에다 볼일을 보고 잠자리에 누웠다. 문은 다시 세찬 바람에 덜컹거리고 있었다. 그런데 순간, 아까 사라졌던 빨간 불빛과 파란 불빛이 그 자리에서 빛을 내고 있는 게 아닌가. 산이는 침착하게 저 불빛이 어떻게 변하는지 보기로 했다. 두 불빛이 서서히 방문 위쪽까지 올라가더니 다시 밑으로 내려오고 있었다. 용기를 내어 방문을 살짝 열고 뒤편을 살펴보았다. 그곳에는 아무것도 없었고 바람만이 세차게 불며 진눈깨비가 하나 둘 내리고 있었다. 그날 산이는 한동안 잠을 이루지 못했다.

휴가가 끝나고 부대에 복귀한 후 일주일이 지났다. 큰어머니가 돌아가셨다는 기별이 왔다. 돌아가신 날짜를 계산해 보니 휴가 마지막 날인 토요일 밤이었다. 순간 휴가 때 겪었던 일이 생각났다.

'큰엄마의 혼불이었구나.'

훈련 중이라 부대를 나갈 수 없었던 산이는 강가 쪽으로 가 술과 과자 등 안주를 사다 올리고 외롭게 가신 큰어머니께 '고생해 가며 키워주신 은혜에 감사드리기가 한이 없다'며 명복을 빌었다.

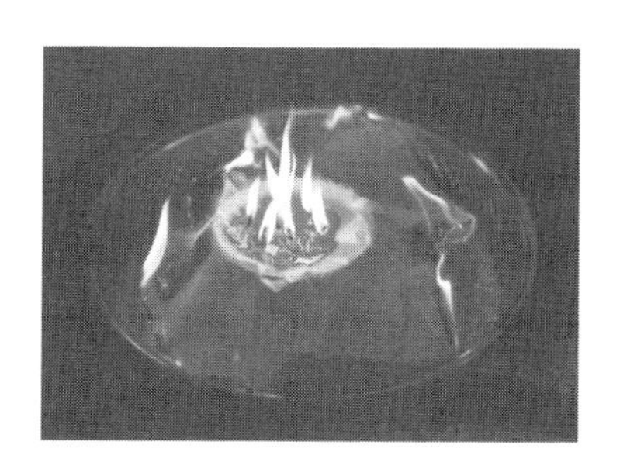

▲ 칠성불

거슬릴 수 없는 대물림

1985년 초겨울 서울에서 가야금병창으로 활동하고 있던 정달영이 계남 집을 찾았다.

"막동이, 오랜만이시."

계남은 반갑게 맞으며 안방으로 들어갔다. 달영은 지금껏 서울에서 생활했던 얘기를 전해 주며 자신이 문화재 신청을 했다고 말했다. 그러면서 혹시 문화재청에서 인터뷰하러 오면 잘 얘기를 해 달라는 말도 덧붙였다. 달영은 자신의 CD 음반을 건네주며 계남도 문화재 신청을 해 볼 것을 권유했다.

사실 종엽은 신청이 없어지면서 자식들에게도 무업의 대를 끊기 위해 노력했다. 집안 어른들로부터 여러 기예를 익혔던 이들도 타지로 나가 활동할 때에는 조씨 가문에서 배웠다는 사실을 함구하고 다른 선생 이름을 거명하도록 당부할 정도로 신분 노출을 꺼렸다. 이로 인해 세상에 모습을 드러내지 않는 성품인 계남의 마음을 움직이기란 달영조차도 쉽지 않았다.

그러나 계남 역시 오랫동안 자신이 선대에서 물려받은 음악을 이대로 묻히기에는 안타깝다고 생각해왔다. 몸이 쇠약해질수록 잊혀 가는 자신의 기량을 누군가에게는 전해야 하는 소명의식이 뚜렷해지고 있었다. 과거 할아버지가 무속인과 결혼했다는 이유로 문중에서 파면당해야 했던 사례와 무업인으로서 큰집과 겪었던 갈등, 그리고 자식들과 친척들의 앞길을 막는다는 죄책감에 마음 아파해 왔던 기억들이 한순간에 밀려 왔다. 하지만 이러한 갈등 속에서도 그의 가슴속 깊이 들끓는 불길은 스스로도 거스를 수 없었다.

1986년 4월 10일 계남은 서울 문화재청의 주선으로 삼성문화재단의 후원을 받아, 능주양로당에서 씻김굿 시현을 하게 되었다.

늦가을 어느 날 계남은 아궁이 땔감용으로 나무를 하러 학교 산에 올라갔다. 솔이파리를 갈퀴로 긁어모으고 새끼로 솔잎들을 묶어 지게에 얹어 놓은 뒤 나무 밑 그늘에 앉았다. 죽은 딸 란이의 생각에 담배 한 대를 꺼내 불을 붙였다. 눈앞의 억새들이 춤을 추고 있었다. 억새 사이로 멀리 무산 12봉이 보였다. 그리고 그 아래 영벽정 앞으로 흐르는 강물이 희미하게 모습을 드러냈다. 계남은 보자기에 고이 싸 온 젓대를 꺼내 들었다.

"저기 가는 젊은 사람은
저기 가는 젊은 사람은
너는 어디를 가느냐
극락 가면 못 올라~ 가지 말아라~"

젓대를 불었다가 소리를 하고, 소리를 하다가 젓대를 불고……. 딸을 먼저 보낸 미안함과 설움이 밀려 왔다. 젓대를 내려놓고 일어나자,

어디서 날아들었는지 수십 마리의 산비둘기들이 머리 위로 날아올랐다. 계남은 '이런 미물들도 젓대 소리를 아는구나.'라고 생각하고 지게를 지고 산을 내려왔다.

▲ 조종엽이 정리한 두루마리 형태의 사설집(노래가사집)

아버지의 선물

평소에도 홀로 산에 올라 피리를 불곤 했던 계남은 추석이 지난 후 지게를 지고 나무를 하러 학교 뒷산에 올랐다. 솔잎을 다 모아 땔감을 마련한 후 보자기에 미리 싸 온 술과 안주를 펼쳤다. 술 한 잔을 따르고 산신에 절을 한 뒤 주변의 이름 없는 묘소에 술을 한 잔씩 괬다.

계남은 풀밭에 앉아 마른 담뱃잎을 부숴 말은 담배를 입에 물고 불을 붙였다. 담배 연기 사이로 마을이 한눈에 들어왔다. 그 옛날 신청에서 생활했던 어른들의 모습이 떠올라 눈시울이 붉어졌다. 잠시 후, 품에서 피리를 꺼내 불기 시작했다. 얼마나 불었을까. 갑자기 가슴에 통증이 올라왔다. 기침이 나오더니 또다시 목에서 피가 넘어왔다. 한숨을 크게 내쉬며 괜찮을 것이라고 애써 위안을 했다. 어느새 서쪽 하늘이 붉게 물들고 있었다.

"아버지!"

아래쪽에서 계남을 부르는 목소리가 들려왔다. 군 생활을 하고 있던 산이었다.

"아버지, 진지 드시라고 엄니가 부르시오."

"언제 나왔냐?"

계남은 산이를 반갑게 맞았다.

“어제요. 서울에서 하룻밤을 묵고 내려왔는디 내일이면 다시 부대에 복귀해야 해요.

산이가 지게를 받아 지려 하자, 계남은 옷 버린다고 마다하며 지게를 진 채 작대기를 짚고 일어났다.

“오냐, 핑 내려가자.”

앞장서던 계남은 “한번 불러 보끄나?”하며 선창을 했다. 산이도 “나나나나나 나 나나 나나” 하며 아버지의 삼현 타령을 따라 불렀다.

집에 돌아온 산이는 계남에게 물었다.

“아부지, 구신은 있는 것이오?”

“어디 가서는 구신이라 하지 말고, 혼신이라 해야 쓴 것이다. 혼신은 내 맘먹기에 따라 보일 수도 안 보일 수도 있는 것이여. 너는 혼신이 있었으면 좋겠냐. 없었으면 좋겠냐?”

“무서운 께, 없었으믄 좋겄소.”

“아부지는 있었으믄 좋겄다. 나이가 들믄 선영 조상님을 따라가는 법이다. 혼신이라도 없어 봐라 얼마나 허탈하겄냐?”

“그건 그렇네요.”

산이는 아버지가 잘 부른 노래를 청했다.

“넓고 넓은 바닷가에 오막살이 집 한 채
늙은 아비 혼자 두고 영영 어딜 가느냐.”

아버지는 노래를 부르다가 기침을 하셨다. 잦은 기침에 걱정이 된 산이는 아버지에게 물었다.

“아버지 어디가 불편하시오?”

“아니다.”

계남은 괜찮다며 계속 노래를 이어갔다. 그렇게 계남은 막둥이 산이와 산에서 내려왔다. 굴뚝마다 저녁연기가 피어오르고 있었다.

정녀는 집에 돌아온 계남을 보고 물었다.

“석이 아버지, 왜 안색이 안 좋으시오?”

“아무것도 아니시, 피곤해서 그런 갑제.”

계남은 아무렇지 않다며 방으로 들어갔다. 자신의 몸이 좋지 않다는 것을 깨달은 계남은 평생 기량을 닦아 왔던 피리선율과 구음, 장구가락을 녹음하기로 했다. 그리고 자식 중 누구라도 듣고 익혀두라는 말과 함께 연향산, 잔향산, 돌가락, 한림 등을 설명하며 피리선율로 능주의 삼현 가락을 녹음하기 시작했다. 그 후 계남은 몸이 마르고 잘 먹지를 못해 점점 몸이 쇠약해져 갔다. 정녀는 병원에 가 보자며 걱정을 했지만, 그럴 때마다 계남은 “아니시, 병원에 가믄 대번 입원하라 할 텐디 날 받아 놓고 안 가믄 쓰것는가. 한가할 때 가세.”하고 넘겼다.

그날 밤 계남은 산이를 불러 자신이 만든 젓대를 건네주며 말했다.

“이 젓대에는 신선의 세계가 있으니 꼭 배우라는 것이 아니라, 마음이 적적할 때 불면 마음이 한결 편안해질 것이다.”

그렇게 시간은 흐르고 있었다.

▲ 조계남이 산이에게 만들어 준 젓대

구음과 피리 가락

1986년 12월 초 계남의 기침이 점점 잦아졌다. 정녀의 성화에 병원을 방문하기로 한 그는 산이에게 주었던 것처럼 셋째 아들 원이에게도 손수 제작한 젓대를 건네주었다. 훗날 알았던 일이지만 계남은 본인의 병이 심상치 않다는 사실을 이미 알고 있었다.

12월 중순 예약했던 병원을 찾아가는 날이었다. 밖은 이른 아침부터 첫눈이 내리고 있었다. 나갈 채비를 하던 계남은 올라오는 통증에 시달리며 가슴을 움켜쥐었다. 당시 대학생이었던 셋째 아들을 앞세워 버스를 타고 광주00병원을 찾아갔다. 흉부 엑스레이 등 각종 검사를 받았다. 결과를 본 의사는 셋째 아들에게 버럭 화를 내며 야단쳤다.

"이놈아, 왜 아버지를 이 지경까지 내버려 두고 이제야 모셔 왔냐."

자식에 대한 애정이 남달랐던 계남은 아들을 혼내는 의사를 향해 도리어 역정을 냈다.

"우리 아들이 뭘 잘못했다고 그리 야단을 치시오? 아들이 한사코 병원에 가자는 것을 내가 미루다가 이제 온 것을, 왜 내 아들한테 면박을 주느냔 말이오. 죽으면 내가 죽지. 왜 우리 아들한테 이놈 저놈 하느냔 말이오!"

"여기가 아니면 병원이 없는 줄 아시오?"

계남은 그 길로 병원을 나왔다. 대신 천변 건너편에 있는 개인병원 내과를 찾아갔다. 그곳에서는 얼마 못 살 것이라며 길면 6개월이라는 시한부 진단을 내렸다.

그 후 계남은 입원 생활을 시작했다. 그는 병원에 있으면서도 죽기 전에 출가 안 한 아들들에게 짝을 맺어주고 싶었다.

효심이 남달랐던 셋째 아들은 아버지의 임종이 가까워지자 서둘러 결혼을 4월로 앞당겨 날을 받았다. 아들의 결혼식 날 아픈 몸을 이끌고 결혼식장을 찾은 계남은 끝까지 자리를 지키며 아들의 혼례 모습을 지켜봤다.

1987년 4월 아들 결혼식을 마치고 병원으로 돌아간 계남은 퇴원하고 싶다고 말했다. 병원장은 걱정스러운 얼굴로 물었다.

"그런 몸으로 거동하시겠습니까?"

"죽기 전에 해야 할 일이 있소."

원장은 체념한 듯 가족들에게 말했다.

"정신력 하나는 대단하신 분이오."

집에 돌아온 계남은 깨끗이 목욕재계하고 단정히 앉아 녹음기를 켜고 피리를 꺼내 들었다. 그리고 못다 한 피리 가락을 녹음하기 시작했다.

"이것은 타령, 이것은 본향거리……."

구술을 하며 구음과 피리 가락을 함께 녹음했다. 잠시 후 장구를 꺼내오게 하여 본향 거리를 마지막으로 녹음하였다. 그리고 집안 곳곳을 살폈다.

꿈속의 삼사자

1987년(음력 6월 24일) 임종 3일 전 계남은 아침 일찍 목욕재계하고 머리를 단정히 빗은 후 흰 한소매 와이셔츠 차림으로 마당에 나갔다. 빨래를 널어놓은 간짓대[42]를 사이에 두고 뒷짐을 진 채 마당을 몇 바퀴 돌고 있었다. 계남은 죽음을 앞두고 여러 생각을 정리하는 중이었다.

그날 밤 계남은 꿈을 꾸었다. 휘영청 밝은 달밤에 검은 양복 차림에 군인 모자를 쓰고 총을 든 세 남자가 대문을 열고 집 안으로 들어왔다. 그들은 아래채를 지나, 정재로 향해 정재문을 돌아 방안으로 들어오려고 했다. 계남은 버럭 화를 냈다.

"어떤 놈들이냐?"

방안에서 봉창문을 손바닥으로 탁, 치고 문을 열자 그들은 슬슬 나가 버렸다. 꿈을 꾸고 일어난 계남은 시계를 보았다. 벌써 새벽 3시가 넘어가고 있었다. 잠을 이루지 못하던 계남에게 정녀가 물었다.

"석이 아부지, 왜 잠을 안 주무시오."

"어이 마시, 나 굉장한 꿈을 꿔었네."

"당신 생전 꿈도 안 꾸고 근디 왜 그러시오?"

---

42) 대나무로 된 긴 장대.

한참 말이 없던 계남을 향해 정녀는 "왜 그러냐"며 꿈 얘기를 해 보라고 했다.

"글씨, 이 이야기를 해야 쓰까 모르겄는디…."

망설이던 계남은 마당에 사자가 대문 열고 들어오는 꿈을 역력히 꿨다고 말하며 꿈 얘기를 이어 갔다. 정녀는 놀라며 말했다.

"사제가 들어 왔어요? 사제가 뭣이다요.

뭔 그런 맥없는 소리를 허요?"

"아니, 여전히 봤는디, 내일 병원 가는 날인디,

사제가 나가 불었응께, 암시랑토 안겄제."

계남은 부인에게 별일 없을 것이라고 안심시켰지만 착잡한 마음을 감출 수 없어 자신도 모르게 말이 나왔다.

"오늘 저녁을 잘 넘겨야 쓴디……."

"뭘 잘 넘겨야 써라우."

정녀가 걱정을 하며 물었다.

아침이 되자 정녀는 '몸은 어떠냐? 배는 안 고프냐?'며 이것저것 물었다. 계남은 눈을 감고 누운 채 정녀가 묻는 말에 아무 대꾸를 하지 않았다. 아침 7시, 계남은 잠시 일어나 앉았다 싶더니 다시 누웠다. 정녀는 조심스레 계남을 불렀다.

"석이 아버지……."

"나 따라 다니느라 고생 많았네."

계남의 말이 떨어지자마자 숨이 거칠어졌다. 정녀는 놀라 아들들에게 장롱 속에 있는 아버지 이불과 베개를 꺼내서 밖으로 내놓으라고 일렀다. 정신이 총총했던 계남은 누운 채로 고개를 절레절레 흔들며 내놓지 말라는 의사 표시를 했다. 다시 이불을 장롱 속에 밀어 넣자 계남은 임종의 순간을 삼재가 든 정녀에게 보이고 싶지 않아 일부러 서울 큰조카에게 전화하라고 시켰다. 집안에 상문[43]이 드는 것을 염려했기 때문이다. 정녀는 곧장 서울로 전화를 했다. 전화를 받던 큰조카는 무슨 일이냐고 물었고 정녀는 작은아버지가 위중하다고 말했다. 그 순간, 계남은 숨을 거칠게 두어 번 내쉬더니 눈을 뜬 채 숨을 거두었다.

"아이고 석이 아버지, 왜 눈을 감지 못하고 가시오. 뭐가 그리 아쉬워서 그러시오……."

정녀는 아들들에게 말했다.

"아버지 빨리 눈 감아 드려라."

셋째 아들이 눈꺼풀을 감기기 위해 몇 번을 쓸어내려도 계남의 눈은 좀처럼 감기질 않았다. 임종을 지키는 식구들은 당황했다. 정녀는 계남에게 마지막으로 말했다.

"인자, 다 잊어버리고 편히 눈 감으시시오."

다시 한번 정녀가 계남의 눈꺼풀을 쓸어내리자 그때서야 눈꺼풀이 내려와 감겼다.

계남은 어두운 질곡의 삶을 살았다. 힘들었던 아픔과 사연이 그의 눈을 감지 못하게 했는지도 모른다. 사회로부터 천대받고 경시되던 무속의 업을 이어오며 부귀와 유명세보다 집안의 제사와 가족과 친인척들의 왕래를 우선시해야 했다. 무엇보다도 아버지 종엽으로부터 물려받은 소명을 다하지 못한 죄스러움을 가졌던 그였다. 그리고 자신의 기예를 누군가에게 전장하지 못했다는 책임감, 걱정 이 모든 것들로 인해 차마 눈을 감을 수가 없었을 것이다.

이때부터 계남의 막내아들 산이의 마음속 깊은 곳에 뜨거운 피가

---

43) 집안의 풍파를 일으키는 부정살.

잔잔한 파도처럼 일렁이고 있었다.

계남은 평소에 자기 절제와 예의범절이 몸에 밴 사람으로 '화순 최고의 양반'이라는 평을 들었다. 조용하면서 말이 없었으며 묵묵히 일만 했다. 웬만하면 실수도 하지 않고 잔소리도 안 하고 좀 안다고 위세부리는 일도 없이 항상 단정했다. 남의 집에서 밥 한 숟가락을 먹어도 잘 먹었다는 감사의 인사를 잊지 않았고 불쌍한 사람을 보면 그냥 지나치는 일이 없었다. 어느 날인가는 굶어 죽게 생긴 처자를 보자 궂하고 받아 온 쌀 두 되를 몽땅 내주기도 했다.

[박정녀의 육성 녹취록]

"느그 아버지는 통 걸어 댕겼어.
여기고 어디고 먼 데고,
그리고 너무 잠도 밤낮으로 못 자고……
골아서 가셨어.
징그럽게 빼빼 말라 갖고……."

능주씻김굿 초청공연

1988년 3월 대학에 다니고 있던 산이는 대중음악을 해 보려고 했지만, 금전적인 어려움에 부딪혀 포기했다. 그러던 어느 날 어머니는 일이 생겼다며 동행할 수 있는지를 물었다. 어머니는 아버지가 돌아가신 후 나를 처음 부르신 일이었다. 마침 수업도 없고 해서 고향집으로 내려갔다. 산이는 그때부터 학교 다니면서도 짬을 내어 조금씩 어머니와 함께 굿을 다니기 시작했다. 이때부터 6촌 형님뻘인 조도화에게 북, 장구가락을 익혔다.

어느 집에 들어가니 동네 사람들이 한사코 물었다.

"이 젊은 양반은 누구요?"

정녀는 말을 못 하고 있다가 마지못해 아들이라고 얘기했다.

"이렇게 이쁜 아들이 있어서 좋겠소."

동네 사람들은 치사를 하다가 다시 물었다.

"자손은 몇이나 뒀소?"

정녀는 그렇게 물어 올 때마다 6남매를 뒀다고 대답했다. 집에 돌아오는 길에 산이는 무심코 어머니에게 물었다.

"엄마 왜, 형제가 5남매지 6남매라 하세요?"

"누가 물어보면 6남매라고 해야 쓴다."

어머니는 아직까지 란이누나를 마음에서 보내지 못한 듯했다.

어머니를 따라다니던 산이는 학창시절 때부터 아버지가 '정달영'에게 자신을 보내지 않았던 이유, TV를 끄시던 모습, 자식들을 유바탕으로 불러 장단과 소리를 가르치시던 모습이 하나둘 떠올랐다.

마침내 산이는 아버지의 마음을 깊이 헤아리지 못했던 것을 후회했다. 냉대시 받으면서도 꿋꿋이 지켜왔던 음악을 누구 하나 물려받는 이가 없이 하루아침에 사장시킨다는 것, 그것은 아버지에게 너무나 억울한 일이었을 것이다. 그 길로 산이는 서울에서의 모든 생활을 접고 고향으로 돌아와 본격적으로 무업에 뛰어들었으며 현재까지 전라도 지역에서 왕성하게 활동하고 있다.

1995년 12월 28일 어느 날이었다. 민속학자의 요청으로 박정녀 일행은 서울 대학로 두레극장에서 저승혼사굿 공연을 하기로 했다. 정녀 일행은 공연장에 도착하기 전까지만 해도 어느 집에서 공연하는 줄로만 알고 있었다. 그러나 도착해 보니 공연무대가 으리으리하게 꾸며져 있는 것을 보고 깜짝 놀라 도저히 공연을 할 수가 없었다. 친척들에게 노출될 염려 때문이었다. 정녀 일행은 그 길로 공연을 무산시키고 내려와야만 했다.

그 후 10년 세월이 흘러 2014년 6월 국립남도국악원에서 마련한 능주씻김굿 초청공연이 있었다. 공연자로는 정녀와 조무일을 맡은 계남의 막내아들인 산이가 참석했다. 공연을 위해 정녀는 산이와 함께 일찍 진도를 찾아 준비에 여념이 없었다.

또다시 정녀의 가슴에 통증이 올라왔다. 주최 측의 부축으로 숙소에 들어선 정녀는 가져온 보따리에서 양귀비 이파리로 즙을 낸 것을 꺼내 마셨다. 순간 더욱 심한 통증이 찾아 왔다. 그렇게 몇 분을 견디고 나니 통증이 서서히 가셨다. 정녀는 종합병원에서 처방받은 진통제가 더는 효과가 없었기에 최후의 진통제로 양귀비 이파리를 응급 처치용으로 쓰고 있었다.

오후 해가 떨어질 무렵, 마침내 공연은 시작되었다. 정녀는 암투병 중에서도 6시간 동안 쉬지 않고 공연에 열중했다. 공연을 마치자 사회자의 마지막 멘트가 이어졌다.

"암투병 중에도 무려 6시간 동안 공연을 훌륭하게 마무리 짓는 저력을 보여 주신 어르신께 큰 박수를 보내 드립시다."

관중석에 있던 관중들은 한 사람, 두 사람씩 내려오더니 정녀에게 감사의 인사로 큰절을 올렸다. 정녀는 힘없는 몸으로 공손히 맞절로 화답했다. 그녀의 눈시울이 금세 붉어졌다.

공연을 마치고 숙소로 들어간 정녀에게 다시 통증이 찾아 왔다. 산이는 어머니의 통증약을 보고는 죄스러운 생각이 들었다.

"어머니 어떠세요…?"

"오냐, 괜찮다."

정녀는 애써 화답했다.

이때 누군가 숙소 문을 두드렸다. 사회자로 나섰던 박흥주였다. 흥주는 정녀에게 물었다.

"할머니 몸은 괜찮으세요?"

"어이, 괜찮네, 나 때문에 고생 많았네."

"몸도 불편하신데 끝까지 최선을 다 해 주셔서 감사합니다."

정녀는 '토끼가 용궁에서 무사히 살아 돌아온 것 같이 자신에게 스스로 박수를 쳤다'고 화답했다.

한평생 잘 살았다

정녀는 집안일을 항상 정갈히 했다. 아침 일찍 일어나면 대문 밖 길을 쓸고 집에 들어와 마당과 집안 곳곳을 청소하는 것이 일과였다. 그다음에 소일거리로 밭에 올라가 고추, 마늘, 깨를 심었다. 수확 시기가 되면 정갈히 말려 자손들에게 골고루 나눠주기도 했다. 날이면 날마다 '막둥이 언제 오냐'며 기다렸다가 오는 날이면 밖에 나가 한참을 서성였다.

2015년 봄 정녀는 여느 때와 같이 바깥 길을 쓸다가 가슴에 또다시 통증이 올라왔다. 양귀비 이파리를 절구통에 찌어 즙을 내어 먹어야 했다. 낮이면 양로원에 내려가 동네 사람들과 어울렸다. 그때는 아프다는 내색 한번 하지 않았지만, 통증을 못 견딜 것 같으면 바로 집으로 올라와 혼자 방 안에서 양귀비즙으로 아픈 통증을 달랬다.

가을이 되자 정녀는 날이 갈수록 통증이 심해져 마침내 몸을 가누기가 힘들었다. 정녀는 아들에게 짐이 되기 싫었지만 결국 익산에 살고 있는 막내아들 집으로 올라갔다. 시간이 지날수록 정녀는 몸이 쇠약해져만 갔다.

2016년 2월 임종하기 하루 전 정녀는 막내아들을 불러 놓고 손을 잡으며 말했다.

"막둥아, 너무 돈 벌려고 애쓰지 말아라. 몸 상한다…… 니 집에 와서 살아 보고 이집 저집 일하러 다녀 봐도 니 집안만한 곳은 없드라. 니 외할아버지에 대한 원망, 형제간에 대한 원한, 자식들에 대한 원한, 다 잊을란다. 한평생 잘 살았다."

정녀는 마치 임종을 앞둔 사람처럼 말을 했다.

"어머니, 별말씀을 다 하시네요. 약한 말씀 말으세요."

저녁 9시가 넘어가자 정녀는 또 산이를 불렀다.

"막둥아, 나 집에 가고 싶다."

산이는 어머니가 얼마 못 사실 것 같다는 생각이 들었다.

"어머니, 기력만 찾으시면 시골집 가십시다."

항상 어머니와 함께 잠을 잤던 산이는 잠을 자다 화장실을 가려고 눈을 떴다. 눈을 비비고 일어나보니 시곗바늘이 3시 50분을 가리키고 있었다. 다시 방으로 들어선 산이는 갑자기 방 안에 아무도 없는 듯 썰렁한 기운을 느꼈다. 설마 하며 어두운 방 안에 누워계신 어머니를 살펴보았다. 숨소리가 들리지 않아 방안의 전등을 켰다.

"어머니, 어머니, 엄마, 엄마……."

산이의 외침에도 정녀는 눈을 감지 못한 채 미동이 없었다. 산이는 어머니의 손을 만져 보았다. 오른쪽 손은 차가웠지만, 왼쪽 손은 아직 따뜻했다. 산이는 맥이 끊히고 있는 것을 느낄 수 있었다.

산이는 "집으로 가고 싶다."는 어머니의 말이 떠올라 재빨리 어머니를 이불로 감싸 안고 자동차로 뛰어갔다. 어머니의 몸은 앙상하게 뼈만 남아서인지 매우 가볍게 느껴졌다. 앞 좌석에 눕혀 모시고 "엄마, 가요. 능주집에 갑시다."하고 능주로 급히 차를 몰았다.

새벽 5시 30분 능주에 도착하니 눈발이 가볍게 흩날리고 있었다. 산이는 차에서 어머니를 안고 내려 시골집 대문을 열고 마당으로 들어섰다. 갑자기 어머니의 몸이 천근만근 무겁게 느껴졌다. 어깨가 빠질 것만 같았다. 산이는 너무나 무거운 나머지 마당에 풀썩 주저앉고 말았다.

"엄마, 집에 다 왔소. 안방으로 들어가십시다."

다시 몇 번의 안간힘을 내 어머니를 힘겹게 들어 안았다. 간신히 안방으로 들어가 이불을 깔고 조심히 어머니를 눕혔다. 산이의 온몸이 땀으로 범벅이 되어 있었다.

산이는 어머니를 향해 고했다.

"외롭고 모진 세상 사시면서 우리를 위해 헌신하신 은혜, 한없이 고맙고 감사드리며 고생 많으셨습니다. 엄마, 불효하고 서운했던 마음 있거든 다 내려놓으시고 편히 가세요.

훗날, 저도 저세상에 가게 되면 어머니를 꼭 찾아가서 못다 한 효도 하고 싶어요. 그때는 모른 체 하지 말고 엄마랑 못다 한 얘기 나누고 싶어요."

차츰 날이 밝아 오고 있었다. 그렇게 정녀는 암투병을 이기지 못해 향년 93세의 나이로 눈을 감았다.

◀ 정녀는 내년에 쓸 콩을 굴비처럼 잘 엮어 행랑채에 걸어두었다.

산이의 꿈 I

어머니의 49제가 지나고 첫 제삿날이 다가왔다. 산이는 감기기운이 든 몸으로 고향집에 도착해 마을 한 바퀴를 돌고 집으로 들어갔다. 대낮에 책을 보던 중 쏟아지는 졸음을 이기지 못하고 그대로 엎드려 잠이 들었다.

꿈속에서 산이는 죽어 저승에 갔다. 구름 위에 있는 산이의 바로 발아래 그가 살았던 고향집이 보였다. 고향집 마당에도 방안에도 아무 인적이 보이질 않았다. '어머니도 돌아가셔서 아무도 보이지 않는구나'하며 서운함이 들었던 산이는 저승도 인간 세상 모습과 같다는 생각이 들었다. 그렇게 저승에서 일상생활을 하고 있던 어느 날, 산이는 산 아래 작은 숫을 용궁 기도터를 찾았다.

약수물을 떠 마시기 위해 바가지를 들었다. 물속에 젊었을 때의 어머니 모습과 어릴 적 자신의 모습이 비쳤다. 산이는 생전 어머니와 함께 능주 한천면 소재의 '돗제 약수터'로 자주 물을 길으러 다녔다. 그래서 그런 기억이 있었기에 약수물 속에 어머니의 모습이 비치고 있는 것이라고 생각했다.

어머니는 산이에게 물바가지를 먼저 건네며 말했다.

"막둥아, 약물은 떠서 살짝 고수레하고 입에다 한 모금, 두 모금, 세

모금, 이렇게 마시는 것이란다."

산이는 어머니가 먼저 드셔야 한다며 권했지만, 한사코 산이에게 먼저 마시라며 물바가지를 다시 건네주었다. 결국, 산이가 약수물을 마시고 나서야 어머니는 바가지에 물을 살짝 떠 마셨다. 어머니는 물도 먹을 만치 떠 마셔야 한다며 일러 주었고, 산이는 어머니가 시키는 대로 다시 물을 살짝 떠 마셨다. 어머니가 활짝 웃으셨다.

그렇게 옛 생각을 하고 있을 때 어느새 정녀는 산이 옆으로 와 미소 지으며 약수물을 마시고 있었다. 산이는 너무 반가워서 말했다.

"엄니, 아니시오. 여기서 엄니 기다린 지 오래요."

"왜 기다린 것이냐."

그런데 산이는 뒷말을 하려고 해도 말이 나오지 않고 자꾸 생각으로만 잠기는 것이었다.

'나, 엄니랑 옛날처럼 같이 살라고……'

산이는 '어머니가 내 마음을 알았을까? 모르면 어떡하지?'라는 걱정이 들었다. 정녀는 그런 산이의 마음을 알았는지 산이를 바라보며 미소 띤 얼굴로 대답했다.

"또야~"

그 말에 잠시 서운했지만, 어머니의 환한 얼굴을 보니 너무나 기분이 좋았다. 순간 이것이 꿈일지라도 어머니가 좋은 모습으로 비추어져 어머니가 계신 곳이 편안한 곳일 것이라고 생각하니 안심이 되었다.

그렇게 산이는 잠에서 깼다. 벌떡 일어나 보니 꿈이 생시처럼 역력했다. 한결 몸은 가벼웠지만 허탈한 마음에 한동안 멍하니 앉아 있다가 이불을 들추고 일어나 방문을 열었다.

문밖으로 눈이 솜털같이 드문드문 내리고 있었다. 산이는 자신도 모르게 마루로 걸어 나갔다. 눈이 내려 금세 마루 한 귀퉁이까지 올라와 하얗게 덮고 있었다. 산이는 천천히 마당으로 내려가 손바닥을 펴 보았다. 하얀 눈송이가 산이 손바닥에 가볍게 내려앉더니 사르르 녹아들었다. 산이는 마음속으로 '엄마, 열심히 살게요.'하고 말했다. 눈은 산이를 반기듯 어느새 눈발로 변하여 산이의 몸을 휘감고 있었다. 몸에는 추운 기운이 온데간데없고 어머니가 감싸주는 듯 따스한 기운만 맴돌았다. 산이는 하늘을 향해 두 팔을 크게 벌리며 한참을 그렇게 흩날리는 눈발을 반겼다.

오후가 되자, 서울에서 형제들이 첫 제사를 지내기 위해 집으로 들어왔다. 형제들은 서로 반갑게 덕담을 나누었다.

▲ 돗재 약수터

산이의 꿈 Ⅱ

2020년 11월 산이는 또다시 꿈을 꾸었다.

산이는 굿을 하러 갔다. 방안에는 어머니와 6촌 형님뻘인 도화, 그리고 양금, 사차 등 형수님, 큰어머니 일행들이 하얀 옷을 입고 당가집 사람들과 얘기를 나누고 있었다. 산이가 방 안으로 들어가자 제일 젊은 사람이 왔다며 배부르게 많이 먹었으니 중매를 해야겠다고 서로 얘기들이 오가고 있었다.

그런데 고개를 돌려 보니 이불 위에서 하얀 옷을 입고 장구를 치고 있는 한분이 눈에 띄었다. 자세히 보니 아버지였다.

'아버지와 어머니, 모든 분을 만나셨구나.'

산이는 꿈에서도 이런 생각이 들었다.

방안과 밖에는 아이들이 뛰어놀고 있었다. 아이들이 나가는 쪽으로 보니 넓은 식당 홀에서 아버지가 긴 탁자에 앉아 행복한 얼굴로 아이들의 장기자랑을 심사하고 계셨다. 카메라로 '아버지 모습을 담아 형제들에게 보여줘야겠구나.' 싶었지만, 옆에 있던 카메라를 들고 촬영을 하려고 하니 갑자기 렌즈가 열리지 않는 것이었다. 렌즈 버튼을 다시 눌러 촬영하려고 파인더를 들여다보니 아버지는 온데간데 없이 보이지 않았다. 실망감에 심사 좌석 쪽으로 달려갔다. 그 많던 사람들은 홀에서 빠져나가고 아버지 바로 옆에 앉아 있던 사람만이 의자에 앉아 다른 분들과 정답게 담소를 나누고 있었다. 산이는 다가가 의자에 앉아 있는 분에게 물었다.

"어르신, 방금 바로 옆에 우리 아버지가 아이들을 심사하고 계셨는데 어디 가셨어요?"

순간 산이는 이분들이 이 세상 사람들이 아니라는 것을 느꼈다.

"가셨다."

산이는 아쉽고 서운한 마음을 감출 수 없었다.

"어르신, 우리 아버지한테 가시거든 막둥이가 죽음길로 들어서면 아버지한테 꼭 찾아간다고 전해 주세요."

옛날 평상복차림으로 흰옷을 깨끗하게 입고 앉아 있던 어르신은 힘없이 고개를 끄덕였다. 산이는 아버지를 못 보게 된 것이 못내 아쉬웠지만, 저승에서도 밝게 활동하시는 모습을 보니 외롭지 않으셔서 다행이라고 생각했다.

산이는 고향집에 들러 어머니의 물품을 보다가 서랍에서 하나씩 모아둔 수첩들을 발견했다. 작은 빈 수첩 한 권을 꺼내 들어 자신의 품속에 넣었다. 어느 날 문득 차를 몰고 고향집에 들어가던 산이는 차를 세우고 영벽정 둑방길을 거닐었다. 산이를 반기듯 살랑이는 바람결에 길옆의 풀잎들이 춤을 추었다. 나무 그늘에서 발걸음을 멈추고 앉아 품속에서 어머니의 빈 수첩을 꺼내 들었다. 그리고 글을 써 내려갔다.

▲ 조계남의 막내아들 조웅석[산이]

박정녀 육성 녹취록

박흥주 | 굿연구소 소장

"큰아버지 도암에서 끼랬어.
건강하제 잘 생겼제 말 잘허제
그런께 노상 술 한잔씩만 먹고 지서에 가서 살아 불고
화학산으로 몰렸재 6개월인가 점령했을 것이다.
화학산에 특공대들이라 그랬을 거여 화학산에가 따뿍 몰려갔고
반란군들 집에다 재우고… 그렇게, 사람도 많이 살렸어.
도남이 도남이 도남이……"

"말 못 해, 필적 말도 못 해, 똑똑허고 요런디
소리도 안 배웠어도 소리 배우면 상놈 된다고 소리도 안 가르쳤어.
우리 집은 하나부지들은 안 갈쳤어.
그런디 소리도 잘 허고, 아 웃기도 잘 허고
넉살도 좋고, 아조, 춤도 잘 추고 그랬어."

바로 "소리 배우면 상놈 된다고 소리도 안 가르쳤어."라는 대목, 이 한마디는 많은 사실과 의미를 함축하고 있다.

이 태도가 한두 사람의 견해가 아니었다는 사실은 "우리 집은 하나

부지들이 안 갈쳤어"라는 표현에서 확인할 수 있다.

아주 분명한 표현이다. 심지어 조씨 집안을 거쳐 갔던 명인 명창들에게는 조씨 집안을 들먹이지 말고 다른 선생들의 이름을 올려줄 것을 당부했다.

이것은 조씨 집안의 굿과 예술에 대한 태도이자 생각이었음을 드러내며, 이는 하나의 사상이자 미학일 수 있다는 개연성도 발견된다.

좀 더 음미해보면 당시 판소리를 가르치지 않은 집안의 '하나부지들'(할아버지들)은 신분적으로 천민이다. 그들이 소리광대로 나서는 것을 '쌍놈' 되는 것이라고 질타하고 있다. 계급적으로 성립될 수 없는 어이없는 태도이자 생각이다. 그럼에도 이런 표현이 가능하려면, 사회적이고 정치적인 차원에서의 신분 관계가 아니라 '정치적이고 미학적인 측면'에서의 사고를 필요로 한다. 이런 태도를 보이기까지는 본인들이 해 온 '굿과 그 역할'에, '재인으로서의 재주와 그 예술'에 대한 확고한 기저가 전제될 것이며, 이에 대한 나름대로의 분명한 가치부여와 견고한 자부심이 '자신들이에게' 내재돼 있을 때 가능해질 것이다. 아울러 '시류와 시대에 부응'하려는 태도를 극히 거부하는 기개도 읽어낼 수 있다.

그렇다면 그들이 시류에 부응하지 않고, 그들이 지켜나가고 관철시키고자 했던 것은 무엇이었을까? 그들이 어전광대가 되는 길, 즉 판소리 명창이 되는 길, 명창이 되기 위해 갈고 닦아야 할 기예와 재주를 왜 높이 평가할 수 없었을까? 아니 오히려 거부하고 폄하했던 그 관점과 가치지향은 무엇이었을까? 이런 문제 제기를 분명하게 드러내는 일갈一喝이었다는 측면을 배제할 수 없다.

또한, 이 일갈은 근세 100여 년간의 예술, 즉, 국악으로 통칭될 수 있는 '다양한 변화양상과 새로운 창출이 과연 '성과'인가?'에 대한 문제 제기도 함축하게 된다. 이런 여러 문제 제기가 있었다는 역사적 사실을 확인해주는 곳이 바로 창녕 조씨 집안이었으며, 이런 문제제기는 여전히 '유효한가?'에 대한 관심을 촉발시키기에 충분한 모습들이기도 했다.

조씨 집안의 행적

박흥주 | 굿연구소 소장

조씨 집안의 행적에서 드러나는 큰 울림 중 하나는 끈끈한 가족애와 신분이 가져다주는 질곡에서 벗어나려는 치열한 노력들이다. 호남권 세습무에서 발견되는 일반적인 정서이지만 화순군의 경우 그 실상이나 역사가 생생하게 드러났다고 평가할만하다.

조선 말기, 판소리의 성세와 어전 광대의 출현은 천민으로서의 굴레를 벗어나게 해 주는 좋은 기회이자 시대였다. 이를 위해 소리에 소질이 있는 세습무의 후예는 전적으로 명창과 재인의 길로 나섰으며, 이에 대한 경제적인 지원은 경제적 토대였던 굿에서 이루어졌다. 대중음악계에 투신하여 대중예술가가 된 것도 이를 연장선에서 조망해 볼 수 있다. 교육을 통해 신분 상승을 꾀한 사례로 발견된다. 대개 대한민국 정부가 수립되고 난 다음의 일로서 대학을 보내 사회적으로 당당히 직업을 갖고 살아가도록 노력했다.

그 모습은 눈물겨울 정도로 헌신적이라는 특성을 보였다. 이런 일반성에 비춰볼 때 능주의 경우, 대부분의 사례들이 발견된다. 그 행적들 또한 치하할 바가 크며 성과 또한 특별함이 있다.

판소리로서가 아니라 줄타기, 기악 등의 재주, 즉 재인의 능력으로서 가선대부나 의관 벼슬에 오른 인물이 한 집안의 창녕 조씨 집안에서 4명이나 배출됐다는 점은 주목할 만하다. 능주 및 화순군에서 인간문화재급 명인 명창이 10여 명 이상 배출되었고 그 또한 사상과 정치체제를 달리하는 남한과 북한에 공히 분포한다는 점도 특기할만하다.

판소리에서는 보성소리가 성세를 이루기도 전에 능주는 서편제로서의 성격을 확실히 한 광주소리의 토양이었다.

일제강점기 나라를 잃은 민족의 질곡과 울분이란 정서를 담아낸, 서편제. 그 태생과 성장에 큰 몫을 한 곳은 능주를 중심으로 한 담양, 동복, 옥과였으며 이를 주도해 나간 명창들의 적극적인 행위가 가능할 수 있도록 뒷받침했던 토양이 바로 이 지역 세습무들의 경제적 기반과 의식이었으며 조상들로부터 물려받은 끼와 재주였다.

이런 개연성을 파악하는데 능주의 세습무 집안은 매우 귀한 역사이다. 계급을 기반으로 한 역사의식과 민족의식을 세대성으로 발현시키기 위해 행한 적극적인 노력이 정치체계의 양극화로 갈등을 겪게 되고 그 후유증으로 인해 능주굿과 세습무들의 존재가 세상에 드러날 수 없었던 생생한 이유이다.

그 생생함을 백아산과 화학산을 중심으로 치열하게 전개되었던 인공시절과 독립운동에의 적극적인 동참에서 엿볼 수 있었다. 이 모습들은 잠재된 계급의식이 폭발적으로 표출된 사례들이다. 그럼에도 불구하고 크게 주목되는 것은 '태도'였다.

바로 조씨 집안에서 드러난 모습으로서 조계남과 조도남의 행적이다. 생존을 예측하기 힘든 전쟁 상황에서 그것도 최전선이라는 것이 무색하게 느껴질 정도로 묵묵히 드나들며, 그들이 만들어 낸 죽음을 씻겨주고 다닌 조계남 고인과 부인인 박정녀의 굿과 태도이다. 특히 조계남은 우리 음악이 잊혀 갈 무렵 동네 어른에게 피리 연주하는 법을 배워, 신청에서 자라면서 익히 들었던 음악을 산속에서 홀로 독공하여 완성해 내는 노력이야말로 큰 성과로 꼽힌다. 그리고 좌우와 무관하게 가급적 많은 사람을 살리기 위해 자신의 능력을 최대한 사용한 조도남 고인의 노력과 성과다. 조도남의 안타까움과 노력은 사상보다 생명이 더 중요하고 자신의 사상을 펼치는 것보다 생명을 살리는 것이 굿의 본질적인 근본이자 존재의 의미라는 점을 정확하게 인식한 모습이며 이를 실천적으로 행한 귀한 사례이다.

이 두 형제의 태도와 행적, 요란한 목소리로서가 아니라, 무언無言과 막걸리 한 잔으로 조용히 실천한 그 모습은 감동스럽기까지 하다.

이는 분명, 굿이라는 종교와 이를 현실에서 구현하는 사제자로서의 한 전형을 보여줬다고 평가할만하다. 이 점을 간과해서는 안 된다는 메시지가 담겨 있는 곳 또한 능주 권역의 세습무였다.

조계남은 '양반보다 더한 양반' '화순의 양반이다.'라는 평가를 받았다. 부귀와 명예보다 가족과 친지들의 안위를 택했으며, 자식들을 공부시켜 당당한 사회인으로 살아갈 수 있도록 한평생을 헌신적으로 살아온 모습도 함께 보여 주었다. 그리고 성공하였다.

즉 종교인으로서의 모습과 평범한 생활인으로서의 모습을 모두 실현시켜 낸 사례이다.

굿소리

초판 1쇄 인쇄 | 2021년 03월 12일
초판 1쇄 발행 | 2021년 03월 20일

지 은 이 | 조웅석
펴 낸 이 | 고미숙
편 집 인 | 채은유
디 자 인 | 구름나무
펴 낸 곳 | 쏠트라인saltline
제　　작 | 04549 서울 중구 을지로18길 46-10 (인현동1가 59-1)
31533 충남 아산시 행목로 202. 103-1407

등록번호 | 2016년 7월 25일 제452-2016-000010호
전　　화 | 010-2642-3900
전자우편 | saltline@hanmail.net

ISBN : 979-11-88192-82-3
값 : 15,000원